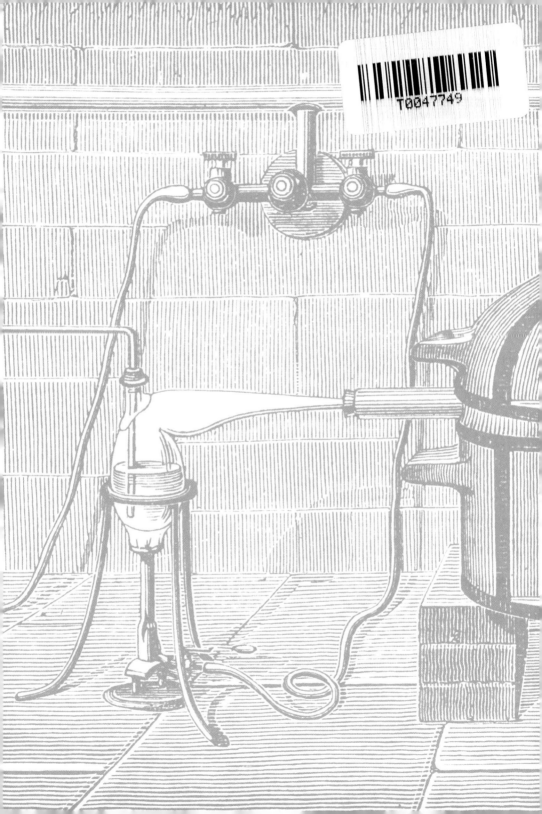

EL EXTRAÑO CASO DEL DR JEKYLL Y MR HYDE

ALMA CLÁSICOS ILUSTRADOS

EL EXTRAÑO CASO DEL DR JEKYLL Y MR HYDE

Robert L. Stevenson

Ilustraciones de
Fernando Falcone

Edición revisada y actualizada

Título original: *Strange Case of Dr. Jekyll and Mr. Hyde*

© de esta edición:
Editorial Alma
Anders Producciones S.L., 2019
www.editorialalma.com

@almaeditorial
@Almaeditorial

Traducción cedida por Editorial EDAF, S. L. U.

© Ilustraciones: Fernando Falcone

Diseño de la colección: lookatcia.com
Diseño de cubierta: lookatcia.com
Maquetación y revisión: LocTeam, S.L.

ISBN: 978-84-17430-46-7
Depósito legal: B1015-2019

Impreso en España
Printed in Spain

ÍNDICE

LA AVENTURA DE LA PUERTA

~

Mister Utterson, el abogado, era un hombre de adusto semblante, jamás iluminado por la alegría de una sonrisa; frío, parco y reservado al hablar, tardo en la emoción, enjuto, alto, taciturno, melancólico y, sin embargo, simpático. En reuniones de amigos, y cuando el vino era de su agrado, algo verdaderamente humano chispeaba en sus ojos; algo que nunca llegó a exteriorizarse en palabras, pero que se expresaba no sólo a través de esos aspectos silenciosos de su fisonomía a la hora de la sobremesa, sino también, más a menudo y con mayor fuerza, en los actos de su vida. Era austero para consigo mismo; estando a solas bebía ginebra para mortificar su afición por los vinos añejos y, aunque gustaba del teatro, no había pisado sus umbrales desde hacía veinte años. Poseía, en cambio, una gran tolerancia para con el prójimo, admirando a veces, casi con envidia, la briosa vitalidad que suponían las fechorías de los demás, de modo que, puesto en un apuro, se decidía por la ayuda antes que por la reprobación. «Me inclino —solía decir finamente— por la herejía de Caín; dejo que mi hermano se vaya al diablo por el camino que más le guste.» Por esta razón, tenía casi siempre la suerte de que fuera la suya la postrera amistad honrosa y la última influencia buena en la vida de los que marchaban hacia el precipicio, a los cuales, mientras no dejaban de visitarlo, jamás mostraba ni una sombra de alteración en su trato.

Fácil debía de ser tal empresa para mister Utterson, porque era poco comunicativo aun en sus mejores momentos, y hasta sus mismos afectos parecían fundarse tan sólo en esa generosa magnanimidad de su benevolencia.

Es señal del hombre modesto el aceptar de manos de la casualidad el círculo de sus amistades; tal le ocurría al abogado. Formaban las suyas gente de su familia o las personas que conocía de más largo tiempo. Sus afectos, como la hiedra, eran meros crecimientos, obra de los años; no implicaban ninguna aptitud especial en el que los inspiraba.

De ahí, sin duda, los lazos que lo unían con mister Richard Enfield, un pariente lejano y hombre muy conocido en la sociedad londinense. Era para muchos un enigma qué podía encontrar cada uno de interesante en el otro, o qué podrían tener en común. Decían los que se cruzaban con ellos en sus paseos dominicales que parecían mortalmente aburridos y que habrían recibido como un ansiado socorro la aparición de cualquier amigo. A pesar de todo, ambos ponían el mayor interés en esas excursiones, las apreciaban como lo más agradable de cada semana y, para no interrumpirlas, no sólo rehusaban otras ocasiones de esparcimiento, sino que hasta llegaban a desatender sus quehaceres.

Sucedió que en una de esas caminatas fueron a dar con cierta calle de uno de los barrios más concurridos de Londres. La calle era corta y de las llamadas tranquilas, pero de un activo comercio en los días laborables. Se veía que sus moradores prosperaban y que todos competían con la esperanza de mejorar cada vez más, gastando en adornos el sobrante de sus ganancias, de suerte que las portadas y los escaparates de las tiendas se mostraban a lo largo de la calle con un aire de invitación como filas de vendedoras sonrientes. Hasta los domingos, cuando ocultaba sus encantos más llamativos y se quedaba casi desierta, resaltaba la calle en contraste con la pardusca suciedad de sus inmediaciones como una fogata en la umbría de un bosque y, con los cierres recién pintados, los adornos de latón bien brillantes y la limpieza y el tono de alegría general, atraía enseguida y regalaba la vista de los viandantes.

Dos puertas más allá de una esquina, en la acera de la izquierda, la entrada de un callejón sin salida interrumpía la línea de las fachadas; precisamente en aquel sitio, cierto edificio siniestro proyectaba el caballete de su tejado sobre la calle. Era de dos pisos, no se veían en él ventanas ni otra cosa que una puerta en la planta baja y, sobre ella, como una faz sin ojos, el muro deslucido del piso alto. Se notaba en todos los detalles la señal de un largo y sórdido abandono: la puerta, despintada y llena de desconchones, no tenía aldabón ni campanilla; los mendigos que se guarecían en el hueco usaban los cuarterones para encender cerillas, los niños jugaban a las tiendas en el umbral, los chicos de la escuela habían probado en las molduras el filo de sus cortaplumas, y había pasado casi una generación sin que se presentase nadie para ahuyentar a esos visitantes errabundos o para reparar sus estragos.

Mister Enfield y el abogado marchaban por la acera opuesta y, al llegar frente a la puerta, el primero levantó el bastón señalándola.

—¿Ha reparado usted alguna vez en esa puerta? —dijo, y como su acompañante contestó que sí, prosiguió—: Me trae el recuerdo de una aventura muy rara.

—¿De veras? —dijo mister Utterson, con una leve alteración en la voz—. ¿Y qué pasó?

—Pues verá usted: volvía yo a mi casa desde un lugar muy remoto, a eso de las tres de una negrísima madrugada de invierno, y seguía mi camino por una parte de Londres donde no se veía otra cosa que los faroles del alumbrado. Calle tras calle, hallé a todo el mundo dormido... una calle tras otra, todas iluminadas como para el paso de una comitiva y desiertas como una iglesia... hasta que al fin llegué a encontrarme en ese estado de ánimo en que se pone uno a escuchar y se agudiza el oído, y se empieza a ansiar poder ver a un policía. De pronto vi dos figuras: la una, un hombrecito que marchaba deprisa, renqueando; la otra, una niña de ocho o diez años que venía a todo correr por una calle transversal, y los dos chocaron al llegar a la esquina. Y aquí viene lo horrible del caso: el hombre pasó pisoteando con toda la calma el cuerpo de la criatura y la dejó dando alaridos en el suelo. Así contado, parece cosa de poca importancia, pero visto, fue demoniaco. No parecía el acto de un ser humano, sino de un *juggernaut* infernal. Le grité, apreté el paso, acogoté a mi hombre y lo hice volver hasta el sitio, donde ya se había formado un grupo alrededor de la niña que sollozaba. Estaba perfectamente tranquilo y no opuso resistencia, pero me echó una mirada tan aviesa que me provocó un sudor frío. Los que allí se encontraban eran de la familia de la víctima, y a poco se presentó un médico en busca del cual había salido la niña de su casa. Pues bien, el accidente no tenía importancia: un mero susto, según el galeno. Y aquí supondría usted que se acabaría el cuento. Pero había una circunstancia rara: al primer golpe de vista había yo sentido un intenso aborrecimiento por aquel hombre; lo mismo le había ocurrido a la familia de la niña, cosa que nada tenía de extraño. Pero lo que me pasmó fue el caso del médico. Era el tal individuo el tipo corriente del curandero, sin edad definida, sin color especial, con un fuerte acento de Edimburgo y tan sensible como una gaita. Pues oiga usted: estaba como todos nosotros y, cada vez que miraba a mi prisionero, se le veía palidecer y atragantarse con el ansia de matarlo. Leía sus pensamientos como él los míos, pero puesto que no se podía optar por el asesinato, hicimos lo único que cabía hacer. Le dijimos al hombre que estábamos resueltos a armar tal escándalo que su nombre iba a correr de boca en boca por todo Londres; que, si tenía alguna amistad o algún prestigio que perder, corría de nuestra cuenta que los perdiese. Y a todo esto, mientras lo acorralábamos, teníamos que contener lo mejor que se pudiera a las mujeres, frenéticas como arpías, para que no se arrojasen sobre él. Jamás he visto un odio como el que se pintaba en aquel cerco de rostros furibundos; y allí estaba el hombre en medio, con una especie de torva e insolente frialdad, atemorizado, eso sí, pero aguantando el chaparrón como un satanás. «Si ustedes han decidido sacar dinero a costa de este percance casual —dijo—, me tengo, naturalmente, que someter. Todo caballero tiene que hacer lo posible para evitar un escándalo. ¿Qué cantidad?» Le apretamos los tornillos hasta sacarle cien libras esterlinas para la familia de la niña. Claro está que hubiera querido zafarse, pero había en todos nosotros algo tan amenazador que al fin capituló. Inmediatamente había que hacerse con el dinero. ¿Y adónde creerá usted que nos llevó? Pues a esa casa de la puerta; sacó una llave, entró, y a poco volvió a salir con unas diez libras en oro y el resto en un cheque contra el banco Coutts, pagadero al portador y firmado con un nombre que no debo mencionar, aunque sea una de las sorpresas de mi cuento, pero diré al menos que era un nombre conocidísimo y que se ve a menudo en letra impresa. La cantidad era fuerte, pero la firma, si era auténtica, valía mucho más. Me permití insinuar a nuestro caballero que todo aquello tenía trazas de un fraude, y que no es lo corriente que uno entre por la puerta de un sótano a las cuatro de la mañana y salga con un cheque de cien libras firmado por otra persona. Pero él seguía tan fresco y burlón. «Tranquilícese —me dijo—, me quedaré con ustedes hasta que abra el banco y yo mismo cobraré el cheque.» Con eso, nos pusimos en marcha el médico, el padre de la niña, el hombre y yo. Pasamos en mi casa el resto de la noche y al día siguiente, después de desayunar, nos fuimos en comitiva al banco. Presenté yo mismo el cheque, y dije que tenía mis razones para creer que era falso. Nada de eso: el cheque era auténtico.

—Vaya, vaya... —murmuró mister Utterson.

—Veo que piensa usted como yo —prosiguió mister Enfield—. Sí, es un mal asunto, porque aquel hombre era de ésos con los que nadie puede andar en tratos, un ser verdaderamente diabólico; mientras que la persona que firmó el cheque es la flor y nata de la honorabilidad, célebre además y, lo que hace el caso aún más deplorable, una de esas personas que se dedican a hacer el bien, como suele decirse. Un chantaje, me figuro; un buen hombre a quien están exprimiendo por algún extravío de su mocedad. Por eso llamo «la casa del chantaje» a ésa de la puerta. Pero eso no basta, como usted ve, para explicarlo todo —añadió, y permaneció largo rato pensativo.

De su distracción vino a sacarlo mister Utterson, preguntando de pronto:

—¿Y no sabe usted si el firmante del cheque vive ahí?

—¡Vaya un sitio a propósito! He visto en alguna parte sus señas, y creo que vive en no sé qué plaza...

—¿Y no ha preguntado usted nada... acerca de la puerta?

—No, señor —replicó mister Enfield—; tuve reparos. Siento gran aversión a eso de hacer preguntas, se asemeja mucho a la fatalidad del juicio final. Pone uno en marcha una pregunta y es lo mismo que empujar una piedra. Está usted sentado plácidamente en lo alto de un monte, y allá va la piedra, rodando y poniendo otras en movimiento a su paso, y a lo mejor un pobre infeliz, el que menos se podía uno imaginar, recibe el coscorrón en la cabeza en su propio jardín, y su familia tiene que cambiar de apellido. No, señor; he hecho de ello una regla: cuanto más huele a chamusquina, menos preguntas.

—Muy buena regla, por cierto —dijo el abogado.

—Pero yo mismo he estudiado este paraje. En realidad, apenas parece una casa. No tiene ninguna otra puerta, y nadie entra ni sale por ésa, a no ser, muy de tarde en tarde, el caballero de mi aventura. Hay tres ventanas en el primer piso que caen sobre el callejón; en el bajo, ninguna. Las ventanas están siempre cerradas, pero limpias. Y además hay una chimenea de la que regularmente sale humo, así es que alguien debe de vivir ahí. Y sin embargo no es seguro, porque los edificios están tan empotrados unos en otros por el lado del callejón que es difícil decir dónde acaba uno y dónde empieza el otro.

La pareja prosiguió su paseo en silencio, hasta que mister Utterson dijo:

—Enfield, es una buena regla la suya.

—Así lo creo —contestó Enfield.

—Y, sin embargo —continuó el abogado—, hay un punto sobre el que tengo que preguntar... Necesito saber el nombre del que pisoteó a la niña.

—Bien. No creo que pueda haber mal en ello. Se llama Hyde.

Mister Utterson carraspeó:

—¿Y qué aspecto tenía?

—No es fácil describirlo. Hay no sé qué en su figura que no es normal, algo desagradable, francamente detestable. Jamás he visto a nadie que me inspirase tal repulsión y, sin embargo, apenas sé por qué. Debe de tener alguna deformidad; da una impresión de cosa contrahecha, aunque no puedo especificar en qué consiste. Es un hombre de aspecto extraordinariamente raro, y a pesar de eso no puedo decir que tenga nada que se salga de lo corriente. No, señor, no acierto con ello, no puedo describirlo. Y no es por falta de memoria, porque parece que lo estoy viendo.

Mister Utterson echó a andar otra vez silencioso, y evidentemente bajo el peso de una preocupación:

—¿Está seguro de que empleó una llave? —preguntó al fin.

—¡Amigo mío! —exclamó mister Enfield, sorprendido y desconcertado.

—Sí —respondió Utterson— ya sé que debe de parecerle extraño. La verdad es que si no pregunté el nombre de la otra persona fue porque ya lo sabía. Ya ve, Richard, que su cuento ha dado en el blanco. Si no ha sido exacto en algún pormenor, convendría que lo rectificase.

—Creo que debía usted haberme prevenido —contestó el otro con un asomo de enfado—, pero he sido pedantescamente exacto, como usted dice. El individuo tenía una llave. Y aún hay más: la tiene todavía y lo he visto usarla no hace una semana.

Mister Utterson suspiró profundamente, pero ya no volvió a decir palabra. Y el joven prosiguió después:

—He aquí otra lección para no soltar la lengua. Estoy avergonzado de mi charlatanería. Hagamos el pacto de no hablar más de este asunto.

—Accedo de todo corazón —dijo el abogado—; trato hecho, Richard.

En busca de Mister Hyde

~

Al anochecer llegó mister Utterson a su casa de soltero con el ánimo abatido y se sentó a cenar sin apetito. Los domingos era costumbre suya, al acabar la cena, arrellanarse en una butaca junto al fuego, con un libro de áridas disquisiciones teológicas en el atril, hasta que sonaban las doce en el reloj de la iglesia vecina, y entonces, satisfecho y tranquilo, se iba a la cama. Aquella noche, sin embargo, apenas retirados los manteles, cogió una palmatoria y se encaminó a su despacho; abrió una caja de caudales, sacó del rincón más escondido un pliego en cuyo sobre se leía «Testamento del doctor Jekyll», y sentándose con aire preocupado se puso a estudiar su contenido. El testamento era ológrafo, porque mister Utterson, aunque una vez hecho se encargó de su custodia, no había querido tomar la menor parte en su otorgamiento. En él se disponía no tan sólo que al ocurrir el fallecimiento de Henry Jekyll, doctor en Derecho, doctor en Letras, miembro de la sociedad Real, etc., todo cuanto poseía pasaría a ser propiedad de su «amigo y bienhechor Edward Hyde», sino también que, en caso de «desaparición o ausencia inexplicada» del doctor Jekyll «por un periodo mayor de tres meses», el mencionado Edward Hyde entraría, sin más, en posesión de todos los bienes, libre de toda carga u obligación, fuera del reparto de algunos legados insignificantes entre la servidumbre del doctor. Este documento había sido, desde mucho tiempo atrás, la pesadilla del jurisconsulto. Le ofendía a la vez como letrado y como hombre amante de los caminos correctos y trillados de la vida, que consideraba lo fantástico como inmodesto. Y si hasta entonces había sido la ignorancia de quién pudiera ser mister Hyde lo que aumentaba su indignación, ahora, por un cambio repentino, era el saberlo lo que la acrecentaba. Mal estaba cuando aquel nombre no era más que un mero apelativo, del cual nada más podía averiguar; mucho peor cuando empezaba a revestirse de odiosos atributos. De entre las brumas tenues y vagas que durante tanto tiempo habían confundido su vista se destacaba, definida y precisa, la presencia de un malvado.

—Creía que era una locura —dijo al guardar otra vez el documento en la caja—, y ahora empiezo a temer que sea un deshonor.

Con esto sopló la bujía, se puso un gabán y salió en dirección a Cavendish Square, ese emporio de la medicina, donde su amigo, el famoso doctor Lanyon, tenía su residencia y recibía a la muchedumbre de sus clientes. «Si alguien sabe algo de este asunto —había pensado— debe de ser Lanyon.»

El solemne mayordomo lo conocía y lo acogió cortés. No se le hizo guardar antesala, y desde la puerta fue conducido al comedor, donde el doctor Lanyon estaba solo, de sobremesa, saboreando una copa de vino. Era un señor saludable, inquieto, de rubicunda faz, con un mechón de pelo prematuramente blanco y ademanes enérgicos y ruidosos. Al ver a mister Utterson saltó de la silla y le estrechó ambas manos. La cordialidad de aquel hombre tenía, a primera vista, algo de teatral, pero nacía de un sentimiento sincero. Ambos eran viejos amigos, compañeros de escuela y de universidad, cada uno sentía un gran respeto por sí mismo y por el otro, y lo que no ocurre siempre como consecuencia de lo anterior, gozaban en su mutua compañía.

Después de hablar de todo un poco, el abogado fue llevando la conversación hacia el desagradable asunto que tanto le preocupaba.

—Me parece, Lanyon —dijo—, que usted y yo debemos de ser los dos más viejos amigos de Henry Jekyll.

—¡Ojalá no fuésemos tan viejos! —contestó riéndose el doctor Lanyon—. Pero creo que así es. ¿Y qué hay de él? Ahora lo veo muy rara vez.

—¿De veras? Yo creía que ambos compartían cosas que les interesaban.

—Las compartíamos —admitió Lanyon—. Pero hace ya más de diez años que Henry Jekyll se fue haciendo más extravagante de lo que yo podía aguantar. Empezó a torcerse, a torcerse intelectualmente, y aunque, por supuesto, me intereso por él a causa de la vieja amistad, como suele decirse, lo he visto y lo veo poquísimo. Esos galimatías anticientíficos —añadió el doctor, enrojeciendo de pronto— habrían hecho reñir a Damon y Pitias.

Este ligero desahogo de cólera tranquilizó algo a mister Utterson. «Éstos —pensó— no han regañado más que por alguna cuestión de ciencia.» Y como era hombre que no sentía las pasiones científicas —excepto en materia de transmisiones de dominio—, se permitió añadir para sus adentros: «No ha sido por cosa que valga la pena». Dejó pasar unos segundos para que su amigo se serenase, y abordó la cuestión que había ido a dilucidar:

—¿Ha tropezado usted alguna vez con un protegido suyo... un tal Hyde?

—¿Hyde? —repitió Lanyon—. No, nunca oí hablar de él, al menos en mi tiempo.

Y ésas fueron todas las noticias que el abogado se llevó consigo a la cama, grande y sombría, en la cual dio vueltas de un lado para otro hasta que fueron pasando las primeras horas de la madrugada. Fue una noche de menguado reposo para su atareada mente, que trabajaba en oscuras tinieblas y envuelta en interrogaciones.

Dieron las seis en el reloj de la iglesia que tan a mano estaba de la casa de mister Utterson, y aún seguía aquél buceando en el problema. Hasta entonces sólo la inteligencia se había empeñado en resolverlo, pero ahora también la imaginación entraba en juego o, mejor dicho, quedaba aprisionada; mientras yacía y se agitaba en la espesa oscuridad de la noche y de la habitación velada con tupidos cortinajes, el relato de mister Enfield pasaba ante sus ojos como una sucesión de cuadros iluminados. Veía el vasto panorama de luces de una ciudad en la noche, la figura de un hombre que marchaba deprisa, la de una niña que salía corriendo de la casa de un médico, y las dos se encontraban, y aquel *juggernaut* en figura humana pisoteaba a la niña caída y proseguía su marcha sin hacer caso de sus gritos. Otras veces veía un salón en una casa suntuosa, donde su amigo, dormido, soñaba y sonreía, y de pronto la puerta se abría, las cortinas del lecho se separaban de un tirón, el durmiente era despertado y... allí estaba a su lado quien tenía poder, aun en aquella hora intempestiva, para obligarlo a que se levantase y a cumplir sus mandatos. La figura principal de esas dos escenas persiguió al abogado como una obsesión durante toda la noche; si en algún momento llegaba a adormilarse, no era sino para seguir viéndola deslizarse, furtiva y cautelosa, a través de casas donde todos dormían, o marchar cada vez más rápido, hasta producir vértigo, por los inmensos laberintos de una ciudad llena de luces; y en cada esquina aplastaba a una niña y la dejaba chillando.

Y con todo eso, aquella figura no tenía rostro por el cual pudiera reconocerla; hasta en los sueños le faltaba la cara, o la tenía tal que se burlaba de él, desvaneciéndose cuando la miraba. Y así fue como surgió en mister Utterson una curiosidad intensa, desenfrenada, de contemplar la fisonomía del verdadero mister Hyde. Pensaba que si por lo menos una vez lograba echarle la vista encima se aclararía el misterio, o acaso desapareciese del todo, como suele ocurrir en las cosas misteriosas cuando se las mira de cerca. Quizá pudiera él hallar una razón que explicase la extraña preferencia o cautiverio —llámesele como se quiera— de su amigo y hasta las insólitas cláusulas del testamento. Cuando menos sería una cara que valdría la pena de que se la viese: la cara de un hombre en cuyo corazón no existía la misericordia, una cara que sólo con dejarse ver era capaz de que surgiera en el espíritu impasible de Enfield un odio inextinguible.

Desde aquel día comenzó mister Utterson a rondar la travesía de las tiendas. Por la mañana, antes de las horas de oficina; a mediodía, cuando eran mayores sus ocupaciones y el tiempo más escaso; de noche, bajo la brumosa faz de la luna londinense; a todas luces y a todas horas de soledad o de bullicio se encontraba el abogado en el puesto que había escogido. «Si él es mister *Hyde* —se había dicho—, yo seré mister *Seek*».

Y al fin vio su paciencia recompensada. Fue una noche fría, pero serena, la atmósfera parecía helada; las calles, limpias como un salón de baile; las luces de gas, inmóviles en el aire tranquilo, proyectaban dibujos regulares de claridades y sombras. A las diez, cuando se cerraban los comercios, se quedaba la calle muy solitaria y silenciosa, a pesar del sordo fragor de Londres, que llegaba de todas partes. Se percibían de lejos hasta los sonidos más tenues, los ruidos domésticos de las casas vecinas se oían con claridad desde ambas aceras, y el rumor de los pasos de un transeúnte que se acercase lo precedía largo rato. Mister Utterson llevaba algunos minutos

18

en su puesto cuando oyó un ruido de pasos extraños y ligeros que se iba aproximando. En el transcurso de sus guardias nocturnas se había acostumbrado al curioso efecto que se produce cuando las pisadas de una sola persona, muy lejana aún, se aíslan y destacan de pronto del vasto zumbido rumoroso de la ciudad; sin embargo, nunca había atraído su atención de aquel modo tan definido y enérgico, y por eso, con un supersticioso presentimiento de triunfo, se guareció en la entrada del callejón.

Los pasos se acercaban rápidamente, y su rumor creció de repente cuando doblaron la esquina. Mister Utterson, atisbando desde su escondite, pudo ver enseguida la clase de hombre con que tenía que habérselas. Era de corta estatura y de muy modesto aspecto, y, aun desde aquella distancia, produjo en el vigilante una inexplicable repulsión. Se dirigió directamente hacia la puerta, cruzando la calle para ganar tiempo. Al acercarse, sacó la llave del bolsillo como quien llega a su casa.

Mister Utterson se adelantó y lo tocó en el hombro al pasar.

—¿Es usted mister Hyde?

Mister Hyde se echó hacia atrás sobresaltado, pero el temor fue sólo momentáneo y, aunque sin mirar al abogado a la cara, contestó con cierto desparpajo:

—Así me llamo. ¿Qué quiere?

—He visto que iba usted a entrar. Soy un antiguo amigo del doctor Jekyll, mister Utterson, el de la calle de Gaunt; ya me habrá oído usted nombrar... y encontrándolo tan oportunamente, he pensado que me permitiría pasar adentro.

—No hallará al doctor Jekyll; no está en casa —respondió mister Hyde mientras metía la llave en la cerradura, pero sin levantar aún la vista—. ¿Cómo me ha conocido usted? —preguntó.

—¿Quiere hacerme un favor? —dijo mister Utterson.

—Con mucho gusto. ¿De qué se trata?

—¿Me permite que le vea la cara?

Mister Hyde pareció vacilar y, luego, como obedeciendo a una súbita reflexión, irguió la cabeza con aire de desafío, y los dos se estuvieron mirando fijamente durante unos segundos.

—Ahora ya lo podré reconocer —dijo mister Utterson—. Puede ser de utilidad.

—Sí —afirmó mister Hyde—. Está bien que nos hayamos conocido. A propósito, quiero que sepa usted mi dirección.

E indicó al abogado un número y el nombre de una calle en el Soho.

«¡Santo Dios! —exclamó para sí mister Utterson—. ¡También habrá estado pensando en el testamento!» Pero se guardó sus pensamientos y se limitó a balbucear las gracias.

—Y ahora —dijo el otro—, ¿cómo me ha conocido usted?

—Por descripción.

—¿Hecha por quién?

—Tenemos amigos comunes.

—¡Amigos comunes! —repitió mister Hyde—. ¿Quiénes son?

—Jekyll, por ejemplo.

—¡Nunca le ha hablado de mí! —exclamó mister Hyde, rojo de ira—. No lo creía a usted capaz de mentir.

—Vamos... —dijo mister Utterson—, ése no es un lenguaje decoroso.

Dio el otro un gruñido, que acabó en una salvaje risotada, y en un instante, con pasmosa rapidez, abrió la puerta y desapareció dentro de la casa.

Al quedarse solo el abogado, permaneció inmóvil en el sitio en que lo dejó mister Hyde, como una imagen de la ansiedad. Después echó a andar pausadamente calle arriba, deteniéndose cada dos pasos y llevándose la mano a la frente, como sumido en honda perplejidad. El problema que así iba debatiendo mientras se alejaba era del género de los que rara vez se resuelven. Mister Hyde era pálido y desmedrado, producía una impresión de deformidad sin que se pudiera precisar ningún defecto de conformación, tenía una sonrisa desagradable, se había conducido con el abogado con no sé qué mezcla homicida de cobardía y de audacia, y hablaba con una voz opaca, baja y entrecortada. Todas esas cosas iban en su contra, pero todas ellas juntas no bastaban para explicar la nunca sentida aversión, el odio y el espanto con que mister Utterson lo recordaba. «Tiene que haber algo más —se decía perplejo—. Hay algo más, aunque no encuentre palabra que aplicarle. ¡Si ese hombre no parece cosa humana! ¿Diremos que tiene algo de troglodítico? ¿O será la mera emanación de un alma horrible que rezuma a través del barro que la contiene y lo transfigura? Quizá sea eso, porque si alguna vez, ¡ay, mi pobre Harry Jekyll!, he leído en una cara la firma de satán, ha sido en la de su nuevo amigo.»

A la vuelta de la esquina, saliendo de la travesía, había una plaza de bellas y hermosas casas antiguas que ya habían perdido la mayor parte de su pasado esplendor, y que se alquilaban por pisos y habitaciones a toda clase y condición de gentes: grabadores de mapas, arquitectos, oscuros abogados y agentes de empresas no menos oscuras. Una de las casas, sin embargo, la segunda desde la esquina, estaba todavía enteramente ocupada por un solo inquilino; y a la puerta de aquella mansión —que ostentaba un gran aspecto de comodidad y riqueza, aun sumida como estaba en la oscuridad, sin otra luz que la que salía por el dintel de la entrada—, se detuvo y llamó mister Utterson. Abrió un sirviente anciano muy bien trajeado.

—Poole —dijo el abogado—, ¿está el doctor Jekyll?

—Voy a ver, mister Utterson —contestó Poole, e hizo pasar al visitante a un espacioso y confortable recibidor bajo de techo, con pavimento de losas, calentado por una resplandeciente chimenea abierta siguiendo el modelo de casa de campo y decorado con costosos muebles de roble—. ¿Quiere el señor aguardar aquí, junto a la lumbre, o que encienda la luz en el comedor?

—Aquí, muchas gracias —contestó mister Utterson.

El abogado se acercó al fuego y se apoyó en la alta rejilla de metal que lo protegía. Este recibidor, en el que se quedó solo, era el capricho favorito de su amigo el doctor, y el mismo Utterson hablaba de él como la habitación más agradable de Londres. Pero aquella noche sentía escalofríos que le helaban la sangre, pues la cara de Hyde persistía, obstinada, en su memoria; experimentaba, cosa rara en él, como una náusea y desgana de la vida, y en la negrura de su humor le parecía ver algo amenazador en los reflejos trémulos del fuego sobre el pulimento de los muebles y en los inquietos saltos de las sombras proyectadas sobre el techo. Se sintió avergonzado del alivio que le produjo la vuelta de Poole para anunciarle que el doctor Jekyll había salido.

—He visto entrar a mister Hyde por la puerta de la antigua sala de disección. ¿Es eso normal, Poole, cuando no se halla en casa el doctor Jekyll?

—Absolutamente normal, mister Utterson. Mister Hyde tiene la llave.

—Al parecer, Poole, tu amo tiene gran confianza en ese joven —prosiguió el otro, abstraído.

—Sí, señor, mucha. Todos tenemos orden de obedecerlo.

—No recuerdo haberme encontrado aquí nunca con mister Hyde, ¿verdad?

—Claro que no, señor. Él jamás cena aquí —replicó el mayordomo—. A decir verdad, por esta parte de la casa lo vemos muy poco; casi siempre entra y sale por el laboratorio.

—Buenas noches, Poole.

—Buenas noches, mister Utterson.

Y el abogado echó a andar hacia su casa con el corazón oprimido. «¡Pobre Harry Jekyll! —pensaba—. ¡Me temo que andas en malos pasos! Era alocado en su mocedad; cierto es que ya hace mucho tiempo de eso, pero en la ley de Dios no existe el capítulo de las prescripciones. ¡Ay! Eso debe de ser: el espectro de algún viejo pecado, el cáncer de alguna vergüenza oculta, el castigo que llega, *pede claudo,* cuando la memoria ha olvidado ya y nuestra propia indulgencia ha perdonado la falta.» Y alarmado por esta idea, se puso a rumiar en su propio pasado, palpando en la oscuridad de los recovecos de su memoria, con el temor de que saliera a la luz inesperadamente alguna antigua iniquidad. Su pasado puede decirse que estaba limpio, pocos eran los que podían leer los archivos de sus vidas con menos aprensión y, sin embargo, se humillaba hasta el polvo por las muchas cosas malas que había hecho, y volvía a elevarse después a un estado de serena y temerosa gratitud por las muchas que había estado a punto de hacer y, al fin, había evitado. Volviendo entonces al tema anterior, vislumbró un destello de esperanza. «Este caballero Hyde —pensó—, si se lo estudiase, tiene que tener secretos de su propia cosecha; secretos negros, como su aspecto, y tales que, comparados con ellos, los peores del pobre Jekyll serían como rayos de sol. Las cosas no pueden seguir así. Me da escalofríos pensar en ese engendro deslizándose como un ladrón hasta la cama de Harry. ¡Pobre Harry, qué despertar! Y el peligro que hay en ello porque, si este Hyde sospecha la existencia del testamento, puede entrarle impaciencia por heredar. Sí, tengo que arrimar el hombro al carro... si Jekyll me deja —añadió—, si Jekyll quiere dejarme.» Porque una vez más veía en su imaginación, claras como una transparencia, las extrañas cláusulas del testamento.

El doctor Jekyll estaba tranquilo

~

Un par de semanas después quiso la buena suerte que el doctor diese una de sus deleitosas cenas a cinco o seis viejos amigos, todos hombres inteligentes y de reputación, y todos capacitados para juzgar un buen vino, y mister Utterson se las arregló de tal modo que se quedó en la casa cuando los demás se marcharon. Lejos de ser cosa insólita, ocurría esto muy a menudo. Donde querían a mister Utterson, era querido de veras. Los anfitriones se complacían en retener al escucto jurisconsulto cuando los invitados más frívolos y habladores habían puesto ya el pie en el umbral; les agradaba descansar un rato en su discreta compañía y prepararse para la soledad, despejando sus espíritus en el grave silencio de aquel hombre después del derroche y el esfuerzo de la francachela. No hacía excepción a esta regla el doctor Jekyll y, mientras estaba sentado en el lado opuesto de la chimenea, él, un cincuentón alto, buen mozo, de rostro sereno, quizá con algo como una sombra de disimulo, pero con todos los rasgos de inteligencia y bondad…, podía verse en su mirada que sentía por mister Utterson un cordial y cálido afecto.

—He estado esperando para hablarle, Jekyll —comenzó éste último—. ¿Se acuerda de aquel testamento suyo?

Podía verse que el tema le era desagradable, pero el doctor lo siguió sin perder su buen humor.

—Mi buen Utterson —dijo—, tiene desgracia conmigo como cliente. Jamás he visto a nadie tan asustado como lo vi a usted por mi testamento, a no ser aquel pedante, oprimido de lo mismo, de Lanyon, ante lo que él llamaba mis herejías científicas... Sí, ya sé que es buena persona, no necesita enfurruñarse; una excelente persona, y siempre estoy pensando en que nos veamos más a menudo pero, con todo, es un pedante ignorante y vocinglero. Con nadie he sufrido un desengaño mayor que con Lanyon.

—Ya sabe que nunca estuve conforme con aquello —prosiguió Utterson, dando de lado bruscamente al nuevo tema que intentaba plantear Jekyll.

—¿Mi testamento?... Sí, es verdad, lo sé —dijo el doctor con cierta sequedad—. Ya me lo ha dicho muchas veces.

—Bueno, pues se lo vuelvo a decir. He sabido ciertas cosas del joven Hyde.

Palideció hasta los labios el semblante, agradable y varonil, del doctor Jekyll, y una sombra pasó por sus ojos.

—No me interesa oír más —dijo—. Creía que habíamos convenido en no hablar más de ese asunto.

—Lo que he oído es abominable —añadió Utterson.

—No puede modificar nada. No comprende mis circunstancias —contestó el doctor, con cierta incoherencia en el tono—. Estoy en una situación penosa, Utterson; mi posición es muy extraña... muy extraña. Es uno de esos asuntos que no se arreglan porque se hable de ellos.

—Jekyll —dijo Utterson—, usted no me conoce; soy hombre en el que se puede confiar. Confiéseme todo en confianza, y no dudo de que lo sacaré adelante.

—Mi buen Utterson, usted es la bondad misma, la esencia de la bondad, y no sé cómo agradecérselo. Estoy seguro de lo que dice, confiaría en usted más que en nadie en el mundo; sí, más que en mí mismo, si me dieran a escoger. Pero no es lo que usted se figura, no es tan malo como todo eso y, precisamente para tranquilizar su buen corazón, voy a decirle una cosa: en el instante en que yo quiera, puedo desembarazarme de mister Hyde. Y no voy a añadir sino una palabra más, que espero, Utterson, que no tome a mal: ésta es una cuestión privada, y le ruego que se olvide de ella.

Utterson reflexionó un rato mirando al fuego.

—No dudo de que tiene usted sus razones —dijo finalmente, poniéndose en pie.

—Bueno, pero ya que hemos tratado de ello, y espero que por última vez, hay un punto que quisiera que entendiese bien. Es cierto que tengo un gran interés por el pobre Hyde. Ya sé que lo ha visto, él me lo ha dicho, y temo que haya estado un tanto grosero. Pero, verdaderamente, tengo un grande, grandísimo interés por ese joven y, si me muero, Utterson, quiero que me prometa que será indulgente con él y que lo sostendrá en sus derechos. Creo que lo haría si lo supiera todo, y me quitaría un peso de encima si me lo prometiera.

—No puedo decir que llegue nunca a gustarme —dijo el abogado.

—No pido eso —dijo Jekyll en tono suplicante, tomando a Utterson por el brazo—. Sólo pido justicia; sólo pido que lo ayude, como un favor personal, cuando yo ya no esté aquí.

Utterson dejó escapar un suspiro, y dijo:

Está bien, lo prometo.

El asesinato de Carew

~

Aproximadamente un año después, en octubre de 18..., Londres se vio conmovida por un crimen de una extrema ferocidad, y que adquirió más relevancia aún por la alta posición social de la víctima. Los detalles eran pocos, pero fuera de lo común y corriente.

Una sirvienta que vivía sola en una casa no lejos del río había subido a su cuarto para acostarse, a eso de las once. Aunque después, hacia la madrugada, la ciudad se vio envuelta por la niebla, en las primeras horas de la noche el cielo estaba despejado, y la calleja sobre la cual daba la ventana de la estancia aparecía brillantemente iluminada por la luna llena. Sin duda tenía la doncella cierta predisposición romántica, porque se sentó, arrobada en vagos ensueños, en un baúl situado junto a la ventana.

«Nunca —solía decir, corriéndole las lágrimas cuando relataba lo ocurrido—, nunca me había sentido tan en paz con toda la humanidad ni había notado mayor placidez y sosiego en todas las cosas.» Y estando así sentada vio que se acercaba por la calleja un gallardo caballero de pelo canoso y, en dirección opuesta, observó a otro señor muy bajo, en el que apenas se fijó. Cuando llegaron a aproximarse el uno al otro —lo que ocurrió precisamente debajo de la ventana—, el más viejo hizo una reverencia y se acercó al otro con un gentil ademán de cortesía. No parecía que el motivo del coloquio fuera cosa importante; por su manera de señalar, diríase que el anciano trataba tan sólo de orientarse en su camino; pero mientras hablaban la luna iluminaba su rostro y la muchacha se deleitaba mirándolo, porque parecía desprenderse de él como un hálito de candorosa y antigua bondad y, al mismo tiempo, sin embargo, tenía cierta altivez en su semblante, como nacida de un justo aprecio de sí mismo. Se fijó después en el otro y se sorprendió al reconocer en él a cierto mister Hyde, que en una ocasión había visitado a su amo, inspirándole una gran antipatía. Tenía el tal en la mano un recio bastón con el que jugueteaba y, sin contestar palabra a su interlocutor, parecía escucharlo con mal reprimida impaciencia. Y entonces, de pronto, su cólera estalló como una furia incontrolada, dando patadas en el suelo, blandiendo el bastón y conduciéndose, al decir de la doncella, como un demente. El anciano retrocedió un paso, al parecer muy extrañado y un tanto ofendido, y con esto perdió mister Hyde todo freno y lo apaleó hasta derribarlo. Y un instante después, con simiesco frenesí, estaba pisoteando a su víctima, y descargaba sobre ella tantos y tales golpes que se oía el crujido de los huesos al romperse, y el cuerpo fue a parar a la calzada. A la vista de esos horrores, la doncella se desmayó.

Eran ya las dos de la mañana cuando volvió en sí y avisó a la policía. El asesino se había ido mucho antes; pero allí yacía su víctima, en medio de la calleja, destrozada de un modo increíble. El bastón con que se había cometido el crimen —aunque era de madera rara, pesada y recia— se había partido en dos; tal había sido la violencia de la vesánica agresión que una mitad, astillada, había rodado hasta el borde de la acera; la otra, sin duda, se la había llevado el asesino. En posesión de la víctima se encontró un portamonedas y un reloj de oro, pero no tarjetas ni otros documentos, a no ser un pliego lacrado y con franqueo —que, al parecer, llevaba al correo— con el nombre y la dirección de mister Utterson.

Aquella misma mañana presentaron la carta al abogado cuando éste aún estaba en la cama; y tan pronto como lo vio y le contaron las circunstancias del caso, dijo solemnemente:

—Nada diré hasta que haya visto el cadáver; parece éste un asunto muy serio. Tengan ustedes la bondad de esperar mientras me visto.

Y con el mismo grave semblante, después de desayunar deprisa, se fue en un coche a la comisaría de policía, donde ya habían llevado el cadáver. En cuanto entró en la celda hizo un gesto afirmativo:

—Sí —dijo—, lo conozco. Siento decir que es sir Danvers Carew.

—¡Caramba! ¿Será posible? —exclamó el funcionario, y enseguida brilló en sus ojos la ambición profesional—. Esto va a hacer muchísimo ruido. Quizá pueda ayudarnos a echar mano al asesino.

Y en pocas palabras le contó lo que la doncella había visto y le enseñó el bastón roto.

Mister Utterson se sobrecogió tan pronto como oyó el nombre de Hyde; pero cuando le pusieron delante el bastón, ya no pudo dudar: aun roto y astillado como estaba, vio que era el mismo que él había regalado, muchos años antes, a Henry Jekyll.

—¿Es ese mister Hyde bajo de estatura? —preguntó.

—Muy pequeño y muy malcarado, según dice la doncella —añadió el agente.

Mister Utterson meditó, y luego, alzando la cabeza, dijo:

—Si quiere usted venir conmigo en mi coche, me parece que podré llevarlo hasta la casa de ese hombre.

Ya eran para entonces las nueve de la mañana, y sobre la ciudad flotaba la primera niebla de la estación. Un gran manto de color chocolate descendía y ocultaba el cielo, pero el viento embestía y dispersaba continuamente aquellas formaciones de vapores. Y así, mientras el vehículo circulaba a través de las calles, iba contemplando mister Utterson una prodigiosa variedad de tonos y gradaciones de luz crepuscular: aquí, oscuridad como al comienzo de la noche; más allá, un cárdeno fulgor pardusco, como el reflejo de una extraña conflagración; en otro lado, sólo por un instante, la niebla se había disgregado y un lívido rayo de sol se filtraba por entre los flotantes jirones de brumas. El deprimente barrio del Soho, entrevisto en esos cambiantes atisbos, con sus calles fangosas y sus gentes desarrapadas y sus luces de gas, que no se habían llegado a apagar o habían sido encendidas de nuevo para combatir aquella fúnebre invasión de las tinieblas, surgía ante los ojos del abogado como un pedazo de una ciudad de pesadilla. No eran, además, menos sombríos sus pensamientos, y cada vez que miraba a hurtadillas a su compañero de viaje sentía vagamente un asomo de ese terror que inspira la justicia y sus agentes, que puede asaltar, a veces, al más honrado de los hombres.

Al detenerse el coche en la dirección indicada, la niebla se levantó un poco, y mister Utterson pudo ver una calle oscura, una taberna, una casa de comidas francesa de baja estofa, una tienda provista de heterogéneas y míseras mercaderías, muchos chicos andrajosos amontonados en los quicios de las puertas y muchas mujeres de muy distintas nacionalidades que salían, llave en mano, a tomar la copa de la mañana. Y un instante después la niebla volvió a caer sobre aquellos lugares, negra como el hollín, y lo dejó aislado, ocultándole las canallescas cercanías. Allí estaba la vivienda del favorito de Henry Jekyll, el presunto heredero de un cuarto de millón de libras esterlinas.

Una vieja de rostro marfileño y cabellos de plata abrió la puerta. Tenía una expresión aviesa, dulcificada por la hipocresía, pero de finos modales. Sí, dijo, allí vivía mister Hyde, pero no estaba en casa. Había venido aquella noche muy tarde, y una hora después se había vuelto a marchar. No era esto cosa rara, porque sus costumbres eran desordenadas y se ausentaba con frecuencia; como ejemplo, hacía ya cerca de dos meses que no lo había visto hasta la pasada noche.

—Está bien, queremos ver sus dependencias —dijo el abogado, y como la mujer empezaba a protestar de que aquello no era posible, añadió—: Más vale que sepa usted quién es este señor; es el inspector Newcomen de Scotland Yard.

Por los ojos de la mujer pasó un destello de rencorosa alegría.

—¡Ah! —exclamó—. ¡Lo han detenido! ¿Qué es lo que ha hecho?

Mister Utterson y el inspector intercambiaron una mirada.

—Al parecer, no goza de grandes simpatías —observó el segundo—. Y ahora, buena mujer, permítanos a este señor y a mí que echemos una mirada alrededor.

De toda la casa, habitada sólo por la vieja, mister Hyde no había utilizado más que dos estancias, pero ambas estaban decoradas con esplendidez y buen gusto. Había una despensa llena de vinos, el servicio de mesa era de plata, la mantelería lujosa, un bonito cuadro colgaba de una de las paredes, regalo —como Utterson pensó— de Henry Jekyll, que era un gran aficionado al arte, y las alfombras eran mullidas y de bellos colores.

En aquel momento, sin embargo, todo daba señales de haber sido apresurada y recientemente revuelto: por el suelo, ropas esparcidas con los bolsillos del revés, los cajones de las cómodas estaban abiertos, y en la chimenea había un montón de cenizas grises, como si se hubieran quemado muchos papeles. De entre el montón desenterró el inspector el lomo verde, respetado por el fuego, de un talonario de cheques. La otra mitad del bastón apareció detrás de la puerta, y como esto confirmaba sus sospechas, el funcionario se declaró satisfecho. Una visita al banco, donde encontraron varios miles de libras esterlinas en el crédito del asesino, lo colmó de gozo.

—Créame usted, caballero —dijo a mister Utterson—, que es como si ya lo tuviera en mis manos. Ha tenido que perder la cabeza para dejarse el bastón y, sobre todo, para quemar el talonario. ¡Si el dinero será para él la vida en estos momentos! No tenemos nada más que hacer sino esperarlo en el banco y detenerlo en cuanto aparezca.

Esto último no era, sin embargo, tan fácil de realizar; porque mister Hyde había tenido pocos amigos —el mismo amo de la sirvienta sólo lo había visto dos veces—, y no pudo hallarse por ninguna parte rastro de su familia; jamás se había retratado, y los pocos que podían hacer una descripción de él estaban en completo desacuerdo entre sí, como siempre ocurre entre observadores inexpertos. En un solo punto concordaban, y era en la sensación inquietante de indescriptible deformidad que dejaba el fugitivo en todos los que lo veían.

La carta de mister Hyde

Ya oscurecía cuando mister Utterson llegó a la puerta de la casa del doctor Jekyll, donde fue recibido por Poole, el cual lo condujo inmediatamente, bajando por la cocina y a través de un gran patio que fue en su día jardín, hasta el edificio que se destinaba indistintamente como laboratorio o sala de disección. El doctor había comprado la casa a los herederos de un célebre cirujano y, como sus aficiones se inclinaban más a la química que a la anatomía, había cambiado el destino de la construcción levantada al final del jardín. Era la primera vez que el abogado había sido recibido en aquella parte de la residencia de su amigo, y contempló con curiosidad el destartalado edificio sin ventanas y echó una mirada en torno de él, con una desagradable sensación de extrañeza al cruzar el anfiteatro, colmado un día de inquietos estudiantes y ahora vacío y silencioso, con las mesas repletas de aparatos de química, el suelo sembrado de paja y cajas de embalar, y la luz filtrándose débilmente a través de la brumosa cúpula. En el extremo opuesto, un tramo de escalera conducía hasta una puerta forrada de bayeta roja y por ella penetró, al fin, el abogado en el gabinete del doctor. Era una habitación amplia, rodeada de armarios con cristales y amueblada, entre otras cosas, con un espejo de cuerpo entero montado sobre columnas y una mesa de trabajo; tenía tres ventanas polvorientas y enrejadas que daban al callejón. El fuego ardía en la chimenea, y sobre la repisa de ésta había una lámpara encendida, porque hasta en el interior de las casas empezaba a condensarse la niebla; allí, al calor de la lumbre, estaba sentado el doctor Jekyll, al parecer mortalmente enfermo. No se levantó para recibir al visitante, pero le tendió una mano helada, saludándolo con alterada voz.

—Y bien —dijo mister Utterson tan pronto como se hubo marchado Poole—, ¿ha oído la noticia?

El doctor se estremeció.

—La estaban gritando en la plaza —dijo—. La oía desde el comedor.

—Una sola palabra —dijo el abogado—. Carew era mi cliente, pero también lo es usted, y necesito saber lo que hago. ¡No habrá sido tan loco como para esconder a ese hombre!

—¡Utterson! —exclamó el doctor—, juro ante Dios que jamás he de fijar mis ojos en él. Le doy mi palabra de honor de que he acabado con él en este mundo. Todo ha terminado. No necesita mi ayuda; usted no lo conoce como yo; está a salvo, completamente a salvo. Fíjese en lo que le digo: jamás se volverá a saber de él.

El abogado escuchaba sombrío; no le gustaba la febril exaltación de su amigo.

—Parece que está muy seguro de él, y espero, por su bien, que esté en lo cierto. Si llegase a verse el proceso, podría aparecer su nombre implicado.

—Estoy completamente seguro —replicó Jekyll—. Para estarlo tengo razones que no puedo confiar a nadie. Pero hay una cosa en que puede usted aconsejarme. He recibido… he recibido una carta, y no sé si debería entregarla o no a la policía. Quisiera dejar el asunto en sus manos, Utterson; estoy seguro de que decidirá lo más acertado; tengo plena confianza en usted.

—¿Teme acaso que esa carta pueda servir para lograr su detención?

—No —contestó el otro—. Nada me importa lo que le ocurra a Hyde; he terminado del todo con él. Pensaba en mi propia reputación, que este odioso asunto ha puesto en peligro.

Utterson reflexionó un rato; le sorprendía el egoísmo de su amigo, y a la vez esto lo tranquilizaba.

—Bien —dijo al fin—, déjeme ver la carta.

Estaba escrita con una letra rara, vertical y firmada por «Edward Hyde», y en ella se consignaba, con bastante laconismo, que el bienhechor del que la escribía, el doctor Jekyll, a quien tan indignamente había recompensado por sus infinitas generosidades, no tenía que inquietarse por la seguridad del firmante, pues contaba éste con medios para escapar en los que tenía absoluta confianza. No le pareció mal la misiva al abogado; daba a aquella intimidad un aspecto mejor de lo que él se temía, de modo que se censuraba a sí mismo por algunas de sus pasadas sospechas.

—¿Tiene el sobre? —preguntó.

—Lo quemé sin darme cuenta de lo que hacía. Pero no tenía marcas de correo. La carta fue entregada en mano.

—¿Quiere que la guarde y consulte el caso con la almohada? —pregunto Utterson.

—Quiero que usted juzgue por mí. He perdido toda confianza en mí mismo.

—Bien, lo pensaré —contestó el abogado—. Y ahora una cosa más: ¿fue Hyde el que dictó lo que se dice en su testamento acerca de la posible desaparición de usted?

El doctor permaneció como sobrecogido por un amago de síncope, apretó los labios y asintió con la cabeza.

—Lo sabía —dijo Utterson—. Ha tenido usted la suerte de escapar de milagro.

—He tenido —replicó el doctor solemnemente— algo que importaba más. He recibido una lección... ¡Dios mío! ¡Y qué lección ha sido, Utterson!

Y por un instante se cubrió la cara con las manos.

Al salir, el abogado se detuvo y cruzó algunas palabras con Poole:

—A propósito —dijo—, hoy han traído una carta. ¿Qué pinta tenía el que la entregó?

Pero Poole estaba seguro de que nada se había recibido, como no fuera por el correo, «y únicamente prospectos», había añadido.

Estas noticias hicieron partir al visitante con todos sus temores renovados. Estaba claro que había llegado por la puerta del laboratorio, hasta era posible que hubiera sido escrita en el gabinete; si así fuere, había que juzgarla de modo distinto y manejarla con la mayor cautela. Por el camino, los vendedores de periódicos, a lo largo de las aceras, gritaban hasta enronquecer: «¡Edición especial! ¡El terrible asesinato de un miembro del

Parlamento!». Aquello era la oración fúnebre de un amigo y cliente, y no podía eludir cierto temor de que el buen nombre de otro amigo se viera arrastrado por el remolino del escándalo. La decisión que tenía que tomar era, por lo menos, escabrosa, y aun acostumbrado como estaba a confiar en sí mismo, empezó a acariciar un vago deseo de recibir consejo. No podía buscarlo abiertamente, pero acaso —pensó— pudiera lograrlo de forma indirecta.

Poco después Utterson estaba sentado a un lado de la chimenea con mister Guest, su primer pasante, en el lado opuesto y, a mitad de camino entre los dos y a una distancia del fuego calculada con sabia minuciosidad, una botella de cierto vino añejo que había esperado largo tiempo en la bodega de la casa. La ciudad seguía aún anegada bajo la niebla, y los faroles del alumbrado fulguraban como carbúnculos; a través del efecto aislador de esas nubes bajas que amortiguaban los ruidos, la vida de la urbe continuaba circulando recelosa por las grandes arterias, con un rumor parecido al de un fuerte viento lejano. Pero el resplandor del fuego alegraba la habitación; en la botella, los ácidos se habían dulcificado hacía mucho tiempo, el rojo púrpura había perdido su crudeza con la vejez, como las vidrieras de colores se hacen más ricas de tonos con los años, y el esplendor de las cálidas tardes otoñales en las laderas soleadas de los viñedos estaba allí esperando para que se le dejase libre y disipar las brumas de Londres. Insensiblemente, el abogado se iba ablandando. Con nadie guardaba menos secretos que con mister Guest, y no siempre estaba seguro de conocer de él todos los que se proponía. Guest había frecuentado la casa del doctor para tratar de los asuntos de éste, conocía a Poole y raro sería que no hubiese oído algo de la asiduidad de mister Hyde en aquella casa, y podía haber sacado consecuencias. ¿No sería, pues, lo mejor que viese una carta que explicaba satisfactoriamente aquel misterio? Y, sobre todo, puesto que Guest se dedicaba a la grafología y era gran perito en materia de escritura, ¿no lo interpretaría como cosa natural y como un acto de amabilidad? El pasante, además, era hombre al que se podía consultar; no era fácil que leyese el documento sin hacer alguna observación, y quizá por ella pudiese mister Utterson encarrilar su futuro rumbo.

—Es cosa triste lo de sir Danvers —dijo.

—Es verdad. Ha causado indignación general —contestó Guest—. No hay duda de que ese hombre estaba loco.

—Quisiera saber su opinión sobre ese punto. Tengo aquí un documento escrito por él; que esto quede entre usted y yo, porque es un asunto feo y aún no sé lo que debo hacer. Pero ahí está... completamente dentro de sus aficiones: el autógrafo es de un asesino.

A mister Guest le brillaron los ojos y se puso a estudiar el documento con ardor.

—No, señor —dijo—, no es de un loco, pero es una letra rara.

—Y por lo visto quien la ha escrito es también muy raro —añadió el abogado.

Precisamente en aquel momento entró un criado con una carta.

—¿Es del doctor Jekyll? —preguntó el pasante—. Me pareció reconocer la letra. ¿Es cosa reservada, mister Utterson?

—No es más que una invitación para una cena. ¿Por qué? ¿Quiere usted verla?

—Sólo un momento. Muchas gracias —y el pasante puso las dos hojas una al lado de otra y examinó cuidadosamente su contenido—. Muchas gracias —dijo al fin, devolviéndoselas—, es un autógrafo muy interesante.

Hubo una pausa, durante la cual sostuvo el abogado una lucha interior.

—¿Por qué las ha comparado usted? —preguntó de pronto.

—¡Qué sé yo! Tienen una extraña semejanza: las dos letras son, en muchas cosas, idénticas; sólo se diferencian en la inclinación.

—Es curioso —dijo Utterson.

—Como usted dice, es bastante curioso —admitió Guest.

—Yo no hablaría de esta carta —explicó el abogado.

—No, señor —contestó el pasante—. Entendido.

Apenas mister Utterson se vio solo, guardó la carta en la caja fuerte, donde reposó desde entonces en adelante. «¿Qué es esto? —pensó—. ¡Henry Jekyll cometiendo falsificaciones para un asesino!»

Y sintió como si la sangre se le congelase en las venas.

Lo que le ocurrió
al doctor Lanyon

~

Pasó el tiempo. Se ofrecieron miles de libras para descubrir al asesino, pues la muerte de sir Danvers se tomó como una ofensa pública. Pero mister Hyde había desaparecido fuera del alcance de la policía, como si jamás hubiera existido. Se desenterró mucho de su pasado, y todo él era ignominioso: se escucharon historias de la crueldad de aquel hombre, a la vez impasible y violenta, de la vileza de su vida, de sus extrañas compañías, del odio que por todas partes había despertado, pero de su paradero ni una palabra. Desde el instante en que salió de la casa del Soho la mañana del crimen, parecía que se había esfumado; poco a poco, a medida que el tiempo pasaba, empezó mister Utterson a reponerse de la inquietud de sus alarmas y se apaciguando su espíritu. La muerte de sir Danvers estaba, a su pa... más que compensada con la desaparición de mister Hyde. Liber... aquella influencia diabólica, había comenzado una nueva vida... doctor Jekyll. Salió de su retiro, reanudó el trato con sus amigos... vez más su huésped habitual o su anfitrión, y si siempre habí... conocido por sus actos de caridad, era aho... menos distin... por su religiosidad. Estaba siempre ocupado, sa... ucho y hacía... tamente el bien. Su rostro parecía de pronto más fre... resplan... ente, como si interiormente se diera cuenta de que era útil... rante... meses vivió en paz.

El 8 de enero Utter... hab... omido en casa del doctor con algunos amigos. También habí... tad... nyon, y las miradas afectuosas de Jekyll habían ido del uno al... o en los días lejanos en que eran los tres inseparables compañer..., y otra vez el 14, el abogado se encontró con

41

la puerta cerrada. «El doctor —había dicho Poole— estaba encerrado en sus habitaciones y no recibía a nadie.» El 15 hizo otro intento de verlo, y otra vez le negó la entrada; habiéndose ya habituado en los dos últimos meses a su amigo casi a diario, este retorno a la soledad le oprimía el ánimo. La quinta noche invitó a Guest a cenar, y la sexta se fue a ver al doctor Lanyon.

al menos, encontró la entrada franca, pero una vez dentro se quedó atónito ante el cambio que había sufrido el aspecto de su amigo. Tenía escrita en la cara su sentencia de muerte. Aquel hombre antes de tez sonrosada parecía ahora pálido, había adelgazado mucho, estaba visiblemente más calvo y envejecido. Sin embargo, no fueron estas muestras de decadencia física las que atrajeron la atención del abogado, sino la mirada de su amigo, así como algo en su ademán que parecía revelar un terror profundamente arraigado. Era poco probable que el doctor tuviera miedo a la muerte y, no obstante, eso fue lo que mister Utterson sospechó. «Como es médico —pensó—, debe de saber el estado en que se halla, que sus días están contados, y ese conocimiento es superior a sus fuerzas.» Empero, cuando Utterson le habló de su mal aspecto, Lanyon, en tono tranquilo y firme, con gran entereza, se declaró hombre perdido.

—He tenido un susto —dijo— y ya nunca me repondré. Es cuestión de unas semanas. Bien; la vida ha sido placentera, gusté de ella, sí, me habitué a disfrutar de ella. A veces pienso que si lo supiéramos todo, nos gustaría más morirnos.

—Jekyll está también enfermo —observó Utterson—. ¿Lo ha visto?

Pero el semblante de Lanyon se demudó y levantó una mano temblorosa.

—No quiero verlo ni oír hablar más del doctor Jekyll —dijo con alta e insegura voz—. He terminado del todo con esa persona, y le pido que me evite toda alusión a uno que ha muerto para mí.

—¡Vamos, vamos! —exclamó mister Utterson y, después de un largo silencio, preguntó—: ¿No podría yo hacer algo? Somos tres viejos amigos, Lanyon, y ya no nos queda vida para encontrar otros nuevos.

—Nada puede hacerse; pregúntele a él mismo.

—No quiere verme.

—No me extraña. Algún día, Utterson, después de que yo muera, acaso llegue a saber la razón de todo esto. Ahora no puedo decírselo. Mientras tanto, si puede hablar de otras cosas, por lo que más quiera, quédese y hablemos; si se empeña en insistir en este maldito asunto, ¡en nombre de Dios, váyase, porque no puedo soportarlo!

Tan pronto como Utterson llegó a su casa se puso a escribir a Jekyll, quejándose de que no lo recibiera y preguntándole la causa de aquella desdichada ruptura con Lanyon; al día siguiente recibió una larga respuesta concebida casi toda ella en términos tremendamente patéticos y llenos de misteriosa oscuridad. La pelea con Lanyon no tenía remedio. «No culpo a nuestro buen amigo —escribía Jekyll—, pero estoy de acuerdo con él en que no debemos vernos más. De ahora en adelante pienso llevar una vida de extremado recogimiento, y no debe sorprenderse ni debe dudar de mi amistad si con frecuencia está cerrada mi puerta incluso para usted. Tiene que dejarme que siga mi propio oscuro camino. He atraído sobre mí un castigo y un peligro que no puedo nombrar. Si soy el mayor de los pecadores, soy también el mayor de los afligidos. No podía pensar que en este mundo se llegasen a sufrir tormentos y terrores tan indescriptibles, y sólo una cosa puede usted hacer, Utterson, para aliviar este sino, y es respetar mi silencio.»

Utterson se quedó confuso; la negra influencia de Hyde había desaparecido, el doctor había vuelto a sus habituales labores y amistades, una semana antes el futuro le sonreía con todas las esperanzas de una vejez placentera y honorable; y ahora, en un instante, la amistad, la paz del ánimo y todo el curso de su vida se habían derrumbado. Tan brusca e inesperada mudanza era indicio de locura, pero en vista de la actitud y de las palabras de Lanyon debía de haber en ello más hondas raíces.

Una semana después el doctor Lanyon cayó enfermo, y en menos de quince días había muerto. La noche después del funeral, que lo afectó atrozmente, Utterson cerró por dentro la puerta de su despacho y, a la luz de una melancólica vela, sacó y puso ante sí un gran sobre con la dirección escrita por la mano de su difunto amigo y cerrado con su sello. «RESERVADO: para ser entregado *tan sólo* a J. G. Utterson y, en caso de su muerte, para que *se destruya sin ser leído*.» Así decía, terminantemente, el sobre, y el abogado temía ver lo que allí se encerraba. «He enterrado hoy a un amigo —pensaba—. ¿Y si esto me costase perder a otro?» Desechó el miedo como una deslealtad, y rompió el sello. Dentro había otro sobre, también sellado, y en él estaba escrito: «No debe abrirse hasta el fallecimiento o la desaparición del doctor Jekyll».

Utterson no podía dar fe a sus ojos. Efectivamente, decía «desaparición»; aquí, de nuevo, como en aquel testamento estrafalario —que había devuelto a su autor hacía ya mucho tiempo—, también aquí, por segunda vez, la idea de una desaparición y el nombre de Henry Jekyll aparecían unidos. Pero en el testamento la idea se debía a la siniestra sugestión de aquel Hyde: estaba consignada allí con un propósito tan claro como horrible. Escrita por la mano de Lanyon, ¿qué significaría? Una irresistible curiosidad se apoderó de Utterson, tentándolo a desobedecer la prohibición y ahondar de una vez hasta el fondo de aquel misterio, pero el honor profesional y la fidelidad a su amigo muerto eran rígidos deberes, y el sobre durmió también en el rincón más profundo de la caja fuerte.

Pero una cosa es mortificar la curiosidad y otra dominarla, y puede dudarse de que, a partir de aquel día, Utterson deseara con la misma ansiedad el contacto de su amigo superviviente. Pensaba cariñosamente en él, pero sus pensamientos eran inquietos y temerosos. Acudía a visitarlo, por supuesto, pero en parte se sentía aliviado cuando le negaban la entrada; tal vez, en el fondo de su corazón, prefiriera hablar con Poole en el umbral de la puerta delantera, rodeado por el aire libre y los sonidos de la ciudad abierta, antes que ser admitido en aquella casa de reclusión voluntaria y sentarse y hablar con su inescrutable recluso. De hecho, Poole no tenía noticias muy agradables que comunicar. Parecía que el doctor permanecía confinado, ahora más que nunca, en el gabinete encima del laboratorio, donde a veces incluso dormía; estaba completamente abatido, cada vez más silencioso, no leía, parecía como si tuviera algo en mente. Utterson llegó a acostumbrarse de tal modo al carácter invariable de aquellos informes que, poco a poco, fue espaciando la frecuencia de sus visitas.

El incidente de la ventana

~

Sucedió que un domingo, cuando mister Utterson daba su habitual paseo con mister Enfield, fueron a parar una vez más a la callejuela y, al llegar frente a la puerta, ambos se detuvieron y se quedaron mirándola.

—Bien —dijo Enfield—, aquella historia se ha acabado al fin. Ya no veremos más a mister Hyde.

—Espero que no —respondió Utterson—. ¿Le he dicho que lo vi una vez y que me produjo el mismo sentimiento de repulsión?

—Una cosa tenía que ir con la otra. Y a propósito, ¡qué tonto me debió de creer usted por no haber caído en la cuenta de que ésta era una puerta trasera de la casa del doctor Jekyll! Fue culpa de usted, en parte, el que yo lo buscase y lo descubriese.

—¿De modo que llegó a descubrirlo? Pues si es así, podemos entrar en el callejón y echar una mirada a las ventanas. A decir verdad, estoy intranquilo por el pobre Jekyll, y siento como si, aun desde fuera, la presencia de un amigo pudiera hacerle algún bien.

El callejón era muy frío y húmedo, sumido ya en un crepúsculo anticipado, aunque el cielo, allá arriba, sobre las cabezas, aún brillaba con el sol del ocaso. De las tres ventanas estaba entreabierta la del medio, y sentado junto a ella, tomando el aire con aspecto de infinita tristeza en el semblante, como un prisionero sin esperanza, vio Utterson al doctor Jekyll.

—¡Eh! ¡Jekyll! —le gritó—. ¿Qué? ¿Está mejor?

—Estoy muy deprimido, Utterson —contestó el doctor con voz lúgubre—. Muy deprimido. Ya no durará mucho, gracias a Dios.

—Está demasiado tiempo en casa. Debería salir para activar la circulación como hacemos Enfield y yo... Mi pariente mister Enfield... el doctor Jekyll. Vamos, tome el sombrero y venga a dar una vuelta con nosotros.

—Muchas gracias —suspiró el otro—. ¡Con qué placer lo haría! Pero no, no, es completamente imposible, no me atrevo. Pero de veras, Utterson, me alegro tanto de verlo, es realmente un gran placer... Les pediría a usted y a mister Enfield que subieran, pero éste no es sitio para recibir a nadie.

—Pues entonces —dijo el abogado bondadosamente— lo mejor que podemos hacer es quedarnos donde estamos y así podremos hablar desde aquí.

—Eso precisamente iba a atreverme a rogarles —contestó el doctor sonriendo.

Pero apenas había pronunciado esas palabras cuando se le borró la sonrisa de pronto y se trocó en una expresión de tan abyecto terror y desesperación que dejó helados hasta la médula a los dos caballeros que estaban abajo. Lo vieron sólo durante un momento, porque instantáneamente se cerró la ventana, pero aquella vislumbre había bastado, y ambos dieron la vuelta y salieron del callejón sin decir palabra. En silencio también atravesaron la calleja y, hasta que no llegaron a la calle principal, donde hasta los domingos había movimiento y vida, no se volvió mister Utterson y miró a su acompañante. Los dos estaban pálidos, y cada uno vio en los ojos del otro un espanto que respondía al suyo.

—¡Dios nos valga, Dios nos valga! —dijo mister Utterson.

Pero mister Enfield sólo asintió con la cabeza, muy serio, y otra vez echó a andar en silencio.

LA ÚLTIMA NOCHE

~

Mister Utterson estaba sentado junto al fuego una noche después de cenar, cuando se vio sorprendido por la visita de Poole.

—¡Hola, Poole! ¿Qué le trae a usted por aquí? —exclamó, y acto seguido, después de mirarlo con más atención, añadió—: ¿Qué le pasa a usted? ¿Está enfermo el doctor?

—Mister Utterson —contestó el hombre—, allí pasa algo malo.

—Siéntese usted y tómese una copa de vino. Y ahora serénese y dígame sencillamente qué es lo que pasa.

—El señor sabe las cosas del doctor y cómo se oculta en casa. Bueno, pues se ha encerrado otra vez en el gabinete, y no me gusta, señor mío... Que me maten si me gusta. Mister Utterson, tengo miedo.

—Vamos, hombre, explíquese usted. ¿De qué tiene miedo?

—He tenido miedo desde hace más de una semana —contestó Poole, esquivando tozudamente la pregunta—, y ya no puedo más.

El aspecto de aquel hombre corroboraba sobradamente sus palabras. Su porte se había deteriorado y, a excepción del momento en que anunció su miedo por primera vez, no había vuelto a mirar de frente al abogado ni una sola vez. Aun ahora permanecía sentado, con la copa de vino, que no había probado, apoyada en las rodillas y la mirada fija en un rincón de la habitación.

—No puedo soportarlo más tiempo —repitió.

—Vamos —dijo el abogado—, ya veo que tiene usted algún motivo serio, Poole, y que algo grave ocurre. Trate usted de decirme lo que sucede.

—Creo que allí ha habido una mala jugada —respondió Poole con voz ronca.

—¡Mala jugada! —gritó el abogado asustadísimo y, por consiguiente, pronto a encolerizarse—. ¿Qué mala jugada? ¿Qué quiere decir?

—No me atrevo a decirlo, pero... ¿quiere usted venir conmigo y verlo por sí mismo?

La única respuesta de mister Utterson fue levantarse y ponerse el gabán y el sombrero; entonces observó, con sorpresa, el gran consuelo que se traslucía en la cara del mayordomo, y quizá, con no menor asombro, que el vino estaba aún sin probar cuando aquél lo dejó sobre la mesa para seguirlo.

Era una noche revuelta y fría propia de marzo, con una media luna pálida caída hacia atrás, como si el viento la hubiese volcado, y un caos de nubes de diáfana y algodonosa contextura que volaban rápidas. El viento hacía la conversación difícil y enrojecía las caras; diríase, además, que había barrido las calles de transeúntes, porque mister Utterson pensó que jamás había visto tan desierta aquella parte de Londres.

Hubiera deseado que fuera de otra forma, pues nunca en su vida había sido tan consciente de un deseo tan intenso de ver y tocar a sus semejantes, porque pese a sus esfuerzos no podía apartar de su mente un abrumador presentimiento de calamidad.

En la plaza, cuando llegaron, el viento levantaba nubes de polvo y hacía cimbrearse como zurriagos los delgados árboles del jardín a lo largo de la verja. Poole, que durante todo el camino iba un poco adelantado, se paró y, a pesar del frío penetrante, se quitó el sombrero y se secó la frente con un pañuelo rojo. Aunque habían caminado muy deprisa, no era el sudor del ejercicio lo que se secaba, sino la humedad provocada por una angustia asfixiante, porque su rostro estaba blanco y su voz, cuando habló, sonó ronca y quebrada.

—Bien, señor —dijo—, ya estamos aquí, y permita Dios que nada malo haya pasado.

—Amén, Poole —asintió el abogado.

Después de esto el criado llamó de muy cautelosa manera, la puerta se entreabrió, sujeta por la cadena, y una voz preguntó desde dentro:

—¿Es usted, Poole?

—Soy yo, abrid la puerta.

El recibidor, cuando entraron, estaba brillantemente iluminado; había una pila de carbón en la chimenea y, en torno a ella toda la servidumbre, hombres y mujeres, estaba apiñada como un rebaño de ovejas.

Al ver a mister Utterson, la doncella rompió en un gimoteo histérico, y el cocinero gritó:

—¡Gracias a Dios! ¡Es mister Utterson!

—¿Qué es esto? ¿Qué es esto? ¿Están ustedes todos aquí? —dijo enojado el abogado—. Esto no está bien, esto no es normal. A vuestro amo no le haría ninguna gracia.

—Todos tienen miedo —dijo Poole.

Siguió un silencio turbador, sin que ninguno protestase; sólo la doncella se puso a llorar ruidosamente.

—¡Cállate! —le dijo Poole, con acento tan feroz que denotaba el alboroto de sus propios nervios.

Y en verdad que al levantar la muchacha de pronto el tono de su lamentación, todos se habían estremecido y se habían vuelto hacia la puerta interior con caras de temerosa expectación.

—Y ahora —continuó el mayordomo, dirigiéndose al pinche— tráeme una vela, y vamos a despachar este asunto de una vez.

Y rogando a mister Utterson que lo siguiese, echó a andar hacia el jardín.

—Ahora —dijo— venga usted con toda la precaución que pueda. Quiero que oiga sin que le oigan. Y mire, señor: si por casualidad le dijese él que entrase, no entre usted.

Los nervios de mister Utterson, ante esta conclusión inesperada, dieron una sacudida que casi le hizo perder el equilibrio, pero reunió todo su valor y siguió al mayordomo hacia el edificio del laboratorio y a través del quirófano, por entre los montones de embalajes y frascos, hasta el pie de la escalera. Allí Poole le hizo señas de que se detuviese a un lado y escuchase; y, después de poner la palmatoria en el suelo y haciendo un visible esfuerzo para decidirse, golpeó con inseguridad en la bayeta roja de la puerta del gabinete.

—Señor, mister Utterson quiere verlo —dijo en voz alta, haciendo entre tanto exageradas señas al abogado para que escuchase.

Una voz quejumbrosa respondió desde dentro:

—Dígale que no puedo ver a nadie.

—Está bien, señor —respondió Poole con un tono de triunfo.

Y cogiendo la palmatoria, llevó a mister Utterson, atravesando el patio, hasta la espaciosa cocina, donde el fuego estaba apagado y las cucarachas correteaban por el suelo.

—¿Era ésa la voz de mi amo? —dijo a mister Utterson mirándolo a los ojos.

—Parece muy cambiada —contestó el abogado palidísimo, pero sin bajar la mirada.

—¿Cambiada? Está bien, sí, así me parece. ¿He estado yo veinte años al lado de esta persona para que me engañen con su voz? No, señor, al amo lo han matado. Lo han matado hace ocho días, cuando le oímos gritar: «¡Por Dios!». Y *quién* está allí en lugar de él, y *por qué* está allí, es cosa que clama al cielo, mister Utterson.

—Es una historia rara, Poole, una historia escabrosa —dijo mister Utterson, mordisqueándose la punta de un dedo—. Supongamos que es lo que usted se figura; supongamos que el doctor Jekyll haya sido... bueno... asesinado. ¿Qué podía inducir al asesino a quedarse? Eso no se sostiene, no es cosa razonable.

—Bien, mister Utterson, no es usted fácil de convencer, pero voy a lograrlo. Sepa usted que toda esta semana él, o *eso*, lo que sea que vive en el gabinete, ha estado clamando noche y día por cierta clase de medicina y no puede conseguirla a su gusto. A veces acostumbraba... él, el amo, por supuesto... a escribir sus órdenes en una hoja de papel y echarla en la escalera. No hemos tenido otra cosa en toda la semana pasada: nada más que papeles, y la puerta cerrada, y hasta las mismas comidas dejadas allí fuera para que las atrapase a escondidas cuando nadie lo veía. Bien, señor, diariamente, y aun dos o tres veces en el mismo día, ha habido órdenes y quejas, y he salido volando a todos los almacenes de droguería de la ciudad. Cada vez que traía el género, allí estaba otro papel diciéndome que lo devolviese, porque no era puro, y con otro pedido para otro almacén. Necesita esa droga indispensablemente, sea para lo que sea.

—¿Tiene usted algún papel de ésos?

Poole se palpó los bolsillos y sacó una nota arrugada, la cual fue examinada cuidadosamente por el abogado, acercándose a la luz. Decía así: «El doctor Jekyll saluda a los señores Maw y les asegura que su última muestra es impura y completamente inútil para el propósito al que la destina. En el año 18... les compró una cantidad bastante considerable, y ahora les ruega que busquen con el más escrupuloso cuidado y, si les queda algo de la misma calidad, que se lo envíen inmediatamente, sin reparar en el precio. No cabe ponderar la importancia que esto tiene para el doctor Jekyll». Hasta aquí la nota estaba pergeñada correctamente, pero en este punto, con un repentino embarullamiento de la pluma, la emoción del escritor se desbordó: «¡Por el amor de Dios —había añadido—, búsquenme algo de la antigua!».

—Es una nota extraña —dijo mister Utterson, y después añadió severamente—: ¿Cómo es que la tiene usted abierta?

—El dependiente de Maw se enfadó mucho y me la tiró como si fuera basura.

—Ésta es, sin ninguna duda, la letra del doctor, ¿no le parece a usted?

—Creo que se le parece, sí —dijo el criado mohíno, y añadió, con la voz alterada—: Pero, ¡qué me importa la letra! ¡Lo he visto!

—¿Lo ha visto? —repitió mister Utterson—. ¿Y qué?

—Sí, señor, y fue de este modo: entré de pronto en el quirófano desde el jardín. Parece ser que había salido fuera para buscar una droga, o lo que fuese, pues la puerta del gabinete estaba abierta, y él estaba allí, al final de la habitación, rebuscando entre las jaulas. Levantó la vista al entrar yo, dio como un grito y se lanzó por la escalera hacia el gabinete. No lo vi más que un instante; pero el pelo se me puso de punta. Señor, si aquél era mi amo, ¿por qué tenía puesta una careta? Si era el doctor, ¿por qué gritó como una rata y huyó de mí? Le he servido durante muchos años, y luego...

El hombre calló y se pasó la mano por el rostro.

—Son todas ellas circunstancias muy extrañas —dijo mister Utterson—, pero me parece que empiezo a verlo claro. El amo, Poole, tiene evidentemente una de esas enfermedades que a la vez torturan y deforman al que las sufre; de ahí, a lo que alcanzo, el cambio de su voz, de ahí la careta y el que se oculte de sus amigos, de ahí su ansia de hallar esa medicina con la cual el pobre tiene alguna esperanza de llegar a curarse... y Dios quiera que no se engañe. Ésta es la explicación: es espantosa y triste, Poole, pero es natural y sencilla, se acopla bien y nos libra de todas las alarmas exageradas.

—Aquello no era mi amo —dijo el mayordomo, volviendo a empalidecer—. Ésa es la verdad. El amo —y aquí miró alrededor y se puso a cuchichear— es alto y buen mozo, y aquello era más bien un enano.

Utterson quiso protestar.

—¡Señor! —gritó Poole—. ¿Cree usted que no conozco al amo después de veinte años? ¿Cree usted que no sé a qué altura de la puerta del gabinete llega su cabeza, habiéndolo visto allí todas las mañanas de mi vida? No, señor, aquel ser con la careta no ha sido nunca el doctor Jekyll... Dios sabe quién será, pero nunca ha sido el doctor Jekyll, y creo de todo corazón que ha habido un asesinato.

—Poole —respondió el abogado—, si usted dice eso, mi deber será ponerlo en claro. Con todo lo que deseo no mortificar a su amo, con todo lo confuso que me ha dejado esa carta, que parece demostrar que aún vive, creeré mi deber el forzar esa puerta.

—¡Eso es hablar, mister Utterson!

—Y ahora viene la segunda cuestión. ¿Quién va a hacerlo?

—¿Quién? Usted y yo, señor.

Tal fue la valiente respuesta.

—Muy bien dicho —prosiguió el abogado—. Y ocurra lo que ocurra, yo he de hacer que no salga usted perjudicado.

—Hay un hacha en el quirófano, y puede usted coger el atizador de la cocina.

El abogado aferró aquel tosco pero pesado instrumento y lo examinó.

—¿Sabe usted, Poole —dijo alzando la vista—, que vamos a ponernos en una situación algo peligrosa?

—Puede usted decirlo con razón.

—Conviene entonces que seamos francos. Los dos pensamos más de lo que hemos dicho; hablemos claro, pues. Esa figura enmascarada que usted vio, ¿la reconoció?

—Pues le diré, señor... pasó tan rápido, y la persona iba tan encorvada, que no podría jurarlo. Pero si usted quiere decir si era mister Hyde... pues bien, sí, ¡creo que era él! Vea usted: venía a tener la misma estatura y tenía la misma ligereza; además, ¿qué otro que no fuera él podía haber entrado por la puerta del laboratorio? ¿No recuerda que en la época del crimen tenía él todavía la llave? Y eso no es todo. No sé, mister Utterson, si vio alguna vez a este mister Hyde.

—Sí —respondió el abogado—, hablé una vez con él.

—Entonces tiene usted que saber, como todos nosotros, que tenía aquel señor algo chocante... una cosa que le daba a uno como un pasmo al verlo... no sé cómo explicarlo, sentía uno como una especie de frío y debilidad hasta en los huesos.

—Confieso que sentí algo de lo que usted dice.

—Así es, señor. Pues bien, cuando aquel ser con la careta saltó como un mono de entre los productos químicos y se lanzó hacia el gabinete, me recorrió el espinazo una cosa como hielo. Ya sé que eso no es una prueba, mister Utterson; he leído lo bastante para saberlo, pero uno tiene su sentimiento, y le juro a usted sobre la Biblia que era mister Hyde.

—Sí, sí —dijo el abogado—. Mis temores me llevan también por ese camino. Mucho mal, me temo que merecido... mucho mal tenía que venir de aquellas relaciones. Sí, de veras lo creo; creo que han matado al pobre Harry, y creo que su asesino, sólo Dios sabe con qué propósito, está aún rondando el cuarto de su víctima. Bien, seamos sus vengadores. Llame usted a Bradshaw.

El criado acudió al llamamiento muy pálido y nervioso.

—Anímese usted, Bradshaw —dijo el abogado—. Esta angustia los tiene a ustedes así, pero estamos dispuestos a acabar con ella. Poole y yo vamos a entrar por la fuerza en el gabinete. Si no ha pasado nada, echaré toda la responsabilidad sobre mis espaldas. Entre tanto, por si algo ha ocurrido en efecto o por si algún malhechor tratase de escapar por la puerta, usted y el pinche dan la vuelta a la esquina con un par de buenas estacas y montan guardia en la puerta del laboratorio. Les damos diez minutos para ocupar sus puestos.

Al irse Bradshaw, el abogado miró el reloj.

—Y ahora, Poole, vámonos al nuestro —dijo.

Y poniéndose el atizador bajo el brazo, emprendió la marcha hacia el patio.

Las nubes habían cubierto la luna y todo estaba ahora sumido en la oscuridad. El viento, que sólo soplaba a ráfagas en aquella hondonada entre los edificios, agitaba de un lado para otro la luz de la bujía mientras avanzaban, hasta que llegaron al abrigo del quirófano, donde se sentaron a esperar en silencio. Londres zumbaba solemnemente a su alrededor pero, más cerca, sólo rompía la quietud el rumor de unos pasos que cruzaban de un lado para otro el piso del gabinete.

—Así pasea todo el día —susurró Poole—, y aun la mayor parte de la noche. Sólo hay un descanso cuando llega una nueva muestra de la botica. Es la mala conciencia la que no le deja reposo. ¡Ay, señor! En cada paso que da hay sangre cruelmente derramada. Pero escuche, algo más de cerca... ponga toda el alma en los oídos, mister Utterson, y dígame: ¿es ése el andar del amo?

Los pasos se marcaban de un modo ligero y raro, con cierta impetuosidad, a pesar de su lentitud; en nada se parecían, ciertamente, al andar recio y firme de Henry Jekyll. Utterson suspiró.

—¿Ha ocurrido algo más? —preguntó.

Poole hizo un signo afirmativo.

—Una vez —dijo— lo oí llorar.

—¿Llorar? ¿Cómo es eso? —dijo el abogado, sintiendo un repentino estremecimiento de horror.

—Llorar como una mujer o como un alma en pena —afirmó el mayordomo—. Salí con el corazón encogido y con ganas de llorar también.

Los diez minutos habían pasado. Poole desenterró el hacha de debajo de un montón de paja, pusieron la palmatoria en la mesa más próxima para que los alumbrase en el ataque, y conteniendo el aliento se acercaron a donde aquellos pasos pertinaces seguían aún su marcha en medio de la tranquilidad de la noche.

—¡Jekyll! —gritó Utterson, utilizando un tono de voz muy fuerte—. Le pido que me deje verlo.

Esperó un momento, pero no hubo réplica.

—Se lo advierto lealmente, tenemos sospechas, y debo verlo, y lo veré, si no es por las buenas, será por las malas... ¡con su consentimiento o por la fuerza!

—¡Utterson, por el amor de Dios! —dijo la voz—. ¡Tenga compasión!

—¡Ésa no es la voz de Jekyll... es la de Hyde! —gritó Utterson—. ¡Abajo la puerta, Poole!

Poole blandió el hacha; al primer golpe se estremeció todo el edificio, y la puerta forrada de bayeta roja saltó contra la cerradura y los goznes. Un horrible alarido, como de mero terror animal, se oyó en el gabinete. El hacha se alzó de nuevo, y de nuevo volvieron a crujir los cuarterones y a saltar el bastidor. Cuatro veces se repitió el golpe, pero la madera era dura y el herraje de excelente calidad, y sólo al quinto hachazo la cerradura se partió y los restos de la puerta cayeron hacia dentro, sobre la alfombra.

Los asaltantes, sobrecogidos por su propio estruendo y por la quietud que se siguió después, se echaron un poco atrás y se quedaron mirando al interior. Allí estaba el gabinete ante sus ojos, a la luz apacible de la lámpara, con un buen fuego resplandeciente que chisporroteaba en la chimenea, el agua hervía en la tetera con tenue chirrido, uno o dos cajones abiertos, los papeles cuidadosamente ordenados sobre la mesa de trabajo, y cerca del fuego estaban preparadas las cosas para el té. La habitación más tranquila del mundo, a no ser por los armarios con cristales llenos de productos químicos..., y también la más vulgar de Londres.

Justamente en el medio yacía el cuerpo de un hombre dolorosamente contraído y aún agitado por estremecimientos. Se acercaron de puntillas, le dieron la vuelta y contemplaron la cara de Edward Hyde. Estaba vestido con un traje excesivamente grande para él, ropas que correspondían a la corpulencia del doctor; los músculos de la cara aún se movían con un remedo de vida, pero ésta se había extinguido, y por el frasco roto que tenía en la mano y el fuerte olor a almendras que había a su alrededor, Utterson comprendió que estaba mirando el cuerpo de un suicida.

—Hemos llegado demasiado tarde —dijo en tono grave— para salvar o para castigar. Hyde ha ido a rendir sus cuentas, y ya no tenemos más que hacer que buscar el cuerpo de tu amo.

La mayor parte del edificio estaba ocupada por el quirófano, que llenaba casi toda la planta baja y recibía la luz por arriba, y el resto por el gabinete, el cual formaba otro piso en un extremo y daba al callejón. Un pasillo unía el quirófano con la puerta de la callejuela, y el gabinete comunicaba también con ella por una segunda escalera independiente. Había, además, algunos cuartos oscuros y un amplio sótano. Para examinar cada cuarto bastó con una mirada, porque todos estaban vacíos, y el polvo que caía de las puertas al abrirlas demostraba que no se habían abierto hacía mucho tiempo. El sótano, además, estaba atestado de toda suerte de trastos del tiempo del cirujano predecesor de Jekyll, y ya en la antesala les previno de la inutilidad de más investigaciones el desprendimiento de un manto de telarañas que había tenido sellada la puerta durante muchos años. Por ninguna parte había rastro de Henry Jekyll muerto o vivo.

Poole dio una patada en las losas del pasillo.

—¡Aquí debe de estar enterrado! —dijo, escuchando el ruido de sus golpes.

—O puede haber escapado —aseguró Utterson.

Y se volvió para examinar la puerta de la calle. Estaba cerrada y, junto a ella, en las losas, encontraron la llave ya enmohecida.

—No parece haberse usado —observó el abogado.

—¡Usado! —repitió Poole—. ¿No ve usted que está rota, como si la hubiesen aplastado de un pisotón?

—Sí, y las roturas están también oxidadas.

Ambos miraron asustados.

—Poole —continuó el abogado—, no entiendo nada de esto. Volvamos al gabinete.

Subieron la escalera en silencio y, echando una mirada medrosa de vez en cuando al cadáver, se pusieron a inspeccionar con más detenimiento lo que

ALMA CLÁSICOS ILUSTRADOS

978-84-18008-96-2

978-84-18395-14-7

978-84-18008-09-2

978-84-18395-18-5

978-84-17430-95-5

978-84-18008-13-9

978-84-18395-15-4

978-84-18008-07-8

978-84-18395-19-2

978-84-18395-17-8

978-84-18395-02-4

978-84-18008-18-4

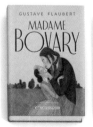

978-84-18395-16-1

978-84-18008-03-0

978-84-18008-97-9

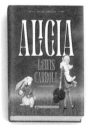

978-84-18008-17-7

978-84-15618-89-8

978-84-15618-78-2

978-84-18008-02-3

978-84-18008-12-2

978-84-18008-08-5

978-84-15618-83-6

978-84-18008-06-1

978-84-18008-15-3

978-84-18008-14-6

978-84-17430-32-0

978-84-17430-54-2

978-84-17430-04-7

978-84-17430-56-6

978-84-15618-69-0

978-84-18008-16-0

978-84-15618-68-3

Alma Clásicos Ilustrados ofrece
una selección de la mejor literatura
universal; desde Shakespeare a Poe,
de Jane Austen a Tolstoi o los hermanos
Grimm, esta colección ofrece clásicos
para entretener e iluminar a lectores
de todas las edades e intereses.

Esperamos que estas magníficas
ediciones ilustradas te inspiren para
recuperar ese libro que siempre
has querido leer, releer ese clásico
que te entusiasmó o dar una nueva
oportunidad a uno que quizás
no tanto. Libros cuidadosamente
editados, traducidos e ilustrados para
disfrutar del placer de la lectura con
todos los sentidos.

había en el gabinete. En una mesa se veían restos de trabajos de química: varios montoncillos medidos de una sal blanca en platillos de cristal, como preparados para un experimento que al desgraciado le habían impedido realizar.

—Ésta es la misma droga que siempre le traía yo —dijo Poole.

Y en aquel momento el agua que hervía en la tetera se desbordó con un ruido alarmante.

Esto les hizo dirigir la vista hacia la chimenea, donde la butaca estaba arrimada cómodamente al fuego y el servicio de té dispuesto al lado del que había de sentarse, hasta con el azúcar en la taza. Había varios libros en un estante, y uno abierto junto al servicio del té. Utterson vio con asombro que era un ejemplar de una obra piadosa que Jekyll tenía en gran estima, anotado de su propia mano con atroces blasfemias.

Luego, en el transcurso del examen de la habitación, se acercaron al espejo basculante, a cuyas profundidades miraron con un involuntario horror. Pero estaba girado de tal modo que no les mostraba otra cosa que el rojizo resplandor del llameante fuego jugueteando en el techo con un centenar de repeticiones a lo largo del frente de cristal de los armarios, y sus propios rostros, pálidos y temerosos, mirándolo.

—Este espejo ha visto algunas cosas extrañas, señor —susurró Poole.

—Y seguramente ninguna más extraña que él mismo —hizo eco el abogado en el mismo tono—. ¿Para qué querría Jekyll...? —se detuvo ante sus propias palabras con un sobresalto y, luego, dominando su vacilación—: ¿Para qué querría un espejo así? —dijo.

—¡Ya puede usted muy bien decirlo! —exclamó Poole.

Siguieron después con la mesa de trabajo. En el pupitre, entre los papeles pulcramente arreglados, se hallaba en primer plano un sobre grande con el nombre de mister Utterson escrito de mano del doctor. El abogado lo abrió y cayeron al suelo varios pliegos. El primero era un testamento redactado en los mismos términos extravagantes que el devuelto por él algunos meses antes y que había de servir como testamento en caso de muerte o como acta de donación en caso de desaparición; pero en lugar del nombre de Edward Hyde leyó el abogado, con indescriptible asombro, el de Gabriel

John Utterson. Miró primero a Poole, después volvió a mirar el papel, y por último al malhechor muerto, tendido sobre la alfombra.

—¡Me da vueltas la cabeza! —dijo—. Ha estado éste aquí como dueño absoluto todos estos días, no tenía motivos para quererme, debía de estar frenético al verse reemplazado y no ha hecho desaparecer este documento.

Tomó después el que le seguía. Era una breve carta escrita con letra del doctor que llevaba la fecha del día en curso al comienzo.

¡Poole! —gritó el abogado—. ¡Estaba vivo y ha estado aquí hoy mismo! ¡No es posible que lo haya hecho desaparecer en tan poco tiempo! Debe de vivir aún, y habrá huido. Pero, entonces, ¿por qué huir? ¿Y cómo? Y siendo así, ¿podemos nosotros aventurarnos a declarar que esto ha sido un suicidio? Tengamos mucho cuidado. Me temo que, si no, aún podemos atraer sobre tu amo alguna tremenda catástrofe.

—¿Por qué no lee el señor la carta? —sugirió Poole.

—Porque tengo miedo —respondió solemne el abogado—, y Dios quiera que no haya razón para ello.

Y con esto se acercó el papel a los ojos y leyó:

> Mi querido Utterson:
>
> Cuando ésta llegue a sus manos, habré desaparecido; no sé de qué manera, porque eso no alcanzó a preverlo, pero mi instinto y todas las circunstancias de mi inexpresable situación me dicen que el fin es seguro y que debe de llegar pronto. Adelante, pues, y lea primero el relato que Lanyon pensaba dejar en su poder, según me advirtió; por si le importa saber más, ahí tiene la confesión de su indigno y desdichado amigo.
>
> HENRY JEKYLL

—¿No había un tercer sobre? —preguntó Utterson.

—Aquí está, señor —contestó Poole.

Y le entregó un voluminoso paquete lacrado en varios sitios. Mister Utterson se lo metió en el bolsillo.

—Yo no diría nada de este papel —dijo—. Si tu amo ha huido o está muerto, quizá podamos salvar, al menos, su buen nombre. Son ahora las diez; tengo que irme a casa y leer estos documentos con calma, pero estaré de vuelta antes de medianoche, y avisaremos entonces a la policía.

Salieron, cerrando tras ellos la puerta del quirófano, y Utterson, volviendo a dejar a los criados apiñados en torno a la chimenea del vestíbulo, echó a caminar penosamente hacia su despacho para leer los dos relatos en los cuales iba a quedar explicado este misterio.

El relato del doctor Lanyon

El 9 de enero, hoy hace cuatro días, recibí por el correo nocturno una carta certificada en cuya dirección reconocí la letra de mi colega y antiguo condiscípulo Henry Jekyll. Me sorprendió no poco, pues no teníamos ninguna costumbre de escribirnos; lo había visto, y hasta había comido con él la noche anterior, y no podía imaginar nada en nuestros tratos que hiciera necesaria la formalidad de certificar las cartas.

Su lectura aumentó mi sorpresa, pues decía así:

10 de diciembre de 18...

Querido Lanyon:

Es usted uno de mis amigos más antiguos y, aunque a veces hayamos disentido en asuntos científicos, no puedo recordar, al menos por mi parte, ninguna interrupción en nuestro afecto. No ha habido un solo momento en que, si usted me hubiera dicho: «Jekyll, mi vida, mi honor, mi razón dependen de usted», no hubiese yo sacrificado mi fortuna o mi brazo derecho para acudir en su ayuda.

Lanyon: mi vida, mi honor, mi razón están a su merced; si me falla esta noche, estoy perdido. Podrá suponer después de este exordio que voy a pedirle algo que sea deshonroso conceder. Juzgue por usted mismo. Necesito que aplace cualquier otro compromiso que tenga esta noche... sí, aunque lo llamasen a la cabecera del lecho de un emperador; que tome un coche de punto, a menos que el suyo no estuviese en la puerta, y que con esta carta en la mano, para consultarla en caso de duda, vaya derecho a mi casa. Poole, mi mayordomo, ha recibido ya instrucciones y lo encontrará esperándolo con un cerrajero. Hay que forzar la entrada de mi gabinete, y tiene que entrar solo, abrir la puerta del armario con cristales (letra E), a la izquierda, rompiendo la cerradura si está echada, y sacar, *con todo lo que contiene, tal como está,* el cuarto cajón desde arriba, o lo que es lo mismo, el tercero contando desde abajo. En mi angustiosa turbación, tengo un miedo enfermizo de darle mal las instrucciones, pero aunque me equivocase, puede reconocer el cajón del que hablo por lo que hay en él: unos polvos, un frasco y un cuaderno. Le suplico que lleve ese cajón usted mismo a Cavendish Square tal y como está.

Ésta es la primera parte del servicio. Vamos a la segunda.

Deberá estar de vuelta, si se pone en camino en cuanto reciba esta carta, mucho antes de medianoche, pero voy a dejarle todo ese margen no sólo por temor a cualquiera de esos obstáculos que no se pueden prever ni evitar, sino porque es preferible esa hora en la que sus criados están ya en la cama para lo que aún queda por hacer. A medianoche, pues, tengo que pedirle que esté solo en su sala de consulta, que abra usted mismo la puerta de la casa a un sujeto que se presentará en mi nombre, y que le entregue el cajón que se habrá llevado de mi gabinete. Entonces habrá terminado su parte y mi gratitud será completa. Cinco minutos después, si insiste en obtener una explicación, habrá comprendido que todas esas disposiciones son de vital importancia y que, por desatender alguna de ellas, por fantásticas que puedan parecerle, puede haber cargado su conciencia con mi muerte o el desquiciamiento de mi razón.

Aunque estoy seguro de que no tomará a broma esta súplica, se me paraliza el corazón y me tiembla la mano ante la simple idea de esa posibilidad. Piense que estoy en este momento en un lugar extraño, luchando bajo tan horrenda angustia que no hay imaginación capaz de exagerarla, y sabiendo, sin embargo, que si me atiende puntualmente, todas mis desdichas se disiparán como un cuento que se ha terminado de contar. Présteme este servicio, querido Lanyon, y ayúdeme.

Su amigo, *H. J.*

P. D.: Ya había cerrado esta carta cuando un nuevo espanto me ha sobrecogido el alma. Es posible que, por falta de correo, no llegue esta carta a sus manos hasta mañana por la mañana. En ese caso, querido Lanyon, haga mi encargo cuando le venga mejor en el transcurso del día, y espere otra vez a mi mensajero a medianoche. Quizá ya sea entonces demasiado tarde y, si la noche pasa sin que nada ocurra, sabrá que ya no volverá a ver a Henry Jekyll.

Al acabar de leer esta carta creí firmemente que mi colega estaba loco, pero en tanto que eso no se demostrase sin posibilidad de duda, me creí obligado a hacer lo que se me pedía. Cuanto menos comprendía de aquel fárrago, menos me creía capacitado para juzgar su importancia, y un llamamiento concebido en tales términos no podía ser desoído sin grave responsabilidad. Me levanté, pues, de la mesa, me metí en un coche y fui derecho a casa de Jekyll. El mayordomo me esperaba; había recibido por el mismo correo que yo otra carta certificada con instrucciones, y había avisado enseguida a un cerrajero y a un carpintero. Mientras hablábamos llegaron ambos, y todos marchamos juntos al antiguo quirófano del doctor Denman, desde el cual, como tú ya sabes, se puede entrar en el gabinete particular de Jekyll. La puerta era muy recia y excelente la cerradura; el carpintero confesó que le costaría mucho y ocasionaría gran destrozo si había de hacerse por la fuerza, y el cerrajero no sabía qué hacer; pero éste último era hombre mañoso, y después de dos horas de labor la puerta se abrió. El armario marcado con la E estaba sin cerrar. Saqué el cajón, lo hice rellenar con paja y, envolviéndolo en un paño, volví con él a Cavendish Square.

Allí me puse a examinar su contenido. Los polvos estaban bastante bien molidos, pero no con esa meticulosidad propia de los boticarios, de suerte que se veía que habían sido preparados por el mismo Jekyll. Y cuando abrí uno de los papeles, encontré una simple sal cristalina de color blanqueado. El frasco que examiné después estaba lleno hasta la mitad de un líquido rojo y sanguíneo, muy acre al olfato, y que me pareció que contenía fósforo y algún éter volátil; de los demás ingredientes nada podía adivinar. El libro era un cuaderno corriente y apenas contenía más que una serie de fechas. Comprendían éstas un periodo de muchos años, pero observé que las anotaciones habían cesado de pronto desde hacía un año. Aquí y allí una breve observación seguía a la fecha, generalmente de una sola palabra: *doble,* la cual se repetía unas seis veces en un total de varios cientos de anotaciones; y una vez, al comienzo de la lista y seguida de varios signos de exclamación: «¡¡¡Fracaso total!!!». Todo esto, aunque despertó mi curiosidad, nada en concreto me decía. Aquí había un frasco con alguna tintura, papeles con cierta sal y la anotación de una serie de experimentos que no habían conducido, como casi todas las investigaciones de Jekyll, a ningún resultado de utilidad práctica. ¿Cómo podía influir la presencia de esas cosas en mi casa, ni en el honor ni en la cordura ni en la vida de mi imaginativo colega? Si su mensajero podía acudir a un sitio, ¿por qué no podía ir a otro cualquiera? Y aun suponiendo que hubiera algún impedimento, ¿por qué tenía yo que recibir a aquel caballero en secreto? Cuanto más reflexionaba, más me iba convenciendo de que se trataba de un caso de enfermedad mental, y aunque hice que se acostasen mis criados, cargué un viejo revólver para no encontrarme sin ningún medio de defensa.

Apenas habían sonado las doce sobre Londres cuando el aldabón golpeó suavemente la puerta. Acudí yo mismo, y encontré a un hombrecillo acurrucado entre las columnas del pórtico.

—¿Viene usted de parte del doctor Jekyll? —le pregunté.

Me contestó que sí con ademán embarazoso, y cuando lo invité a entrar no lo hizo sin echar de reojo una mirada escrutadora a las tinieblas de la plaza. No muy lejos había un policía que se acercaba con su linterna encendida, y al verlo me pareció que el visitante se estremecía y se apresuraba a entrar.

Confieso que esos detalles me impresionaron desagradablemente y, mientras lo seguía hacia la brillante luz de la sala de consulta, conservé la mano puesta sobre el arma. Allí al fin pude contemplarlo bien. Jamás antes había puesto los ojos en él; de esto, al menos, estaba seguro. Era pequeño, como ya he dicho; me chocó la repulsiva expresión de su rostro, la rara combinación de gran energía muscular con una aparente debilidad de constitución y, por último, pero no en menor grado, la extraña perturbación subjetiva que producía su proximidad: algo así como un escalofrío incipiente, acompañado por una notable disminución del pulso. En aquel momento sólo lo achaqué a alguna repugnancia idiosincrásica personal, y únicamente me maravilló lo agudo de los síntomas, pero después tuve razones para pensar que la causa yacía más honda en la naturaleza humana, y que tenía más noble punto de apoyo que el mero sentimiento del odio.

Desde el momento mismo que este hombre entró me impresionó con lo que sólo puedo describir como una repulsiva curiosidad. Iba vestido de una forma que hubiera hecho que cualquier persona normal se echara a reír: sus ropas, hay que decirlo, aunque de buena tela y espléndido corte, le quedaban extraordinariamente grandes en todos los sentidos; los pantalones colgaban sobre sus piernas y los llevaba enrollados en los bajos para impedir que se arrastraran por el suelo, la cintura de su chaqueta caía por debajo de sus caderas y el cuello con las solapas cubría prácticamente sus hombros.

Pero por extraño que parezca, aquel ridículo atuendo distaba mucho de provocar mi risa. Antes bien, era el testimonio palpable de que había algo anormal y equivocado en la esencia misma de la criatura que ahora tenía ante mí —algo que llamaba la atención, sorprendía y repugnaba—, y aquella disparidad parecía encajar perfectamente con aquello y reforzarlo; así, a mi interés respecto a la naturaleza y el carácter del hombre, se añadió la curiosidad acerca de su origen, su vida, su fortuna y su posición en el mundo.

Estas observaciones, aunque ocupen un gran espacio a la hora de detallarlas, se sucedieron en mi mente en cuestión de unos pocos segundos.

Mi visitante parecía sobre ascuas y dominado por angustiosa agitación.

—¿Lo tiene usted? —gritó—. ¿Lo tiene usted?

Y tan grande era su impaciencia que llegó a asirme del brazo y trató de zarandearme. Lo rechacé, sintiendo al tocarlo una sensación de frío que me corría por la sangre.

—Vamos, señor mío, usted se olvida —le dije— que aún no tengo el gusto de saber quién es. Siéntese, si lo desea.

Y di ejemplo sentándome en mi sillón habitual, imitando de la mejor manera posible mi comportamiento con mis pacientes, pese a lo tardío de la hora, la naturaleza de mis preocupaciones y el horror que sentía hacia mi visitante.

—Perdóneme usted, doctor Lanyon —me contestó con cierta cortesía—. Tiene usted razón en lo que dice, mi impaciencia ha dejado de lado mi educación. He venido a instancias de su colega el doctor Henry Jekyll, para un asunto de alguna importancia, y tengo entendido...

Se detuvo y se llevó la mano a la garganta; pude ver que, a pesar de lo controlado de sus maneras, estaba luchando con los primeros síntomas de un ataque de histeria.

—... Tengo entendido que un cajón...

Pero al llegar aquí tuve lástima del anhelo del visitante, y acaso también de mi propia curiosidad, que iba en aumento.

—Allí está —le dije, señalando el cajón en el suelo, detrás de una mesa y cubierto aún con el paño.

Dio un salto hacia él y se paró de pronto, llevándose la mano al corazón. Pude oír el rechinar de sus dientes bajo la convulsiva acción de sus mandíbulas, y su rostro mostró un aspecto tan horrible que temí tanto por su vida como por su razón.

—Tranquilícese usted —le dije.

Se volvió hacia mí con una sonrisa medrosa y, con la decisión de un desesperado, arrancó el paño de un tirón. Al ver lo que había debajo, lanzó un ruidoso sollozo, expresión de tan intenso consuelo que me dejó petrificado en la silla. Y un momento después, con voz ya casi segura, pidió:

—¿Tiene usted un vaso graduado?

Con un gran esfuerzo me levanté y le entregué lo que pedía.

Me dio las gracias con una sonrisa, midió unas pocas gotas de la tintura roja y le añadió uno de los polvos. La mezcla, de un tinte rojizo al principio, empezó a abrillantarse de color y a burbujear con ruido a medida que los cristales se disolvían, exhalando nubecillas de vapor. Repentinamente cesó la ebullición, y al mismo tiempo el brebaje tomó un color de púrpura oscuro, el cual, a su vez, se fue desvaneciendo más lentamente para trocarse en un verde acuoso. Mi visitante —que había observado esas metamorfosis sin apartar los ojos— se sonrió, dejó el vaso sobre la mesa, se volvió y me miró con aire escrutador.

—Y ahora —dijo—, para acabar el asunto, ¿quiere usted ser prudente? ¿Quiere permitirme que coja este vaso y salga de su casa sin más explicaciones? ¿O acaso se ha apoderado de usted la avidez de la curiosidad? Reflexione antes de responder, porque se hará como decida. Según lo que decida, quedará tal como estaba antes, ni más rico ni más sabio, a menos que el sentimiento de un servicio prestado a un hombre en mortal necesidad pueda ser considerado como una especie de riqueza para el alma. O, si prefiere la otra elección, todo un nuevo campo de conocimiento y nuevos senderos hacia la fama y el poder se abrirá ante usted, aquí, en esta habitación, en un instante, y sus ojos quedarán deslumbrados por un prodigio que haría tambalear incluso la incredulidad de Satán.

—Caballero —le dije, simulando una serenidad que estaba muy lejos de sentir—, habla usted de forma enigmática, y no le extrañe que no lo escuche con excesiva credulidad. Pero ya he ido demasiado lejos en el camino de los servicios inexplicables para detenerme sin haber visto el final.

—Está bien —respondió mi visitante—. Lanyon, acuérdese de sus votos. Lo que va a ver cae bajo el secreto de nuestra profesión. Y ahora usted, que ha estado tanto tiempo atado a las ideas más mezquinas y materiales; usted, que ha negado la virtud de la medicina trascendental; usted, que se ha reído de los que eran sus superiores en conocimientos... ¡mire!

Se llevó el vaso a los labios y lo apuró de un trago. Gritó, giró sobre sí mismo, dio un traspié, se agarró a la mesa y se mantuvo asido a ella, mirando con ojos inyectados en sangre, jadeante, con la boca abierta. Y mientras lo miraba me pareció que se efectuaba un cambio... como si se hinchase... La cara se puso súbitamente negra, parecía que las facciones se disolvían y alteraban... Y me incorporé de un salto y retrocedí hasta la pared, con el brazo levantado para escudarme de aquel prodigio, anonadado por el terror.

—¡Dios mío! ¡Dios mío! —grité una y otra vez.

Allí, ante mis ojos, pálido y tembloroso, medio desmayado y palpándose, como hombre que retornase de la muerte... allí estaba ¡Henry Jekyll!

Lo que me dijo en la hora que siguió no me decido a consignarlo en el papel. Vi lo que vi, oí lo que oí, y desfalleció mi alma ante aquello; no obstante, ahora, cuando aquella visión ha desaparecido de mis ojos, me pregunto si creo en ella, y no puedo responderme. Mi vida está removida hasta sus raíces, el sueño ha huido de mí, un terror mortal me persigue día y noche, a todas horas; siento que mis días están contados y que debo morir; y sin embargo moriré incrédulo. En cuanto a la podredumbre moral que aquel hombre desveló ante mí en la hora que siguió, aunque con lágrimas de penitencia, no puedo ni siquiera recordarla sin un estremecimiento de horror. No diré más que una cosa, Utterson, y eso, si puede avenirse a creerla, será más que suficiente. El ser que se deslizó en mi casa aquella noche era conocido, según la propia confesión de Henry Jekyll, con el nombre de Hyde, y era perseguido por todos los rincones de nuestra tierra como el asesino de Carew.

HASTIE LANYON

La confesión de Henry Jekyll

~

Nací en el año 18... heredero de una gran fortuna, dotado además de excelentes cualidades, con natural inclinación al trabajo, deseoso de ganarse el aprecio de los sabios y de los buenos entre mis semejantes y, por tanto, como puede suponerse, con todas las garantías de un porvenir honroso y distinguido. A decir verdad, la peor de mis faltas tan sólo consistía en una disposición alegre, ansiosa de placeres, cualidad que ha hecho felices a muchos, pero muy difícil de conciliar con mi imperioso deseo de llevar la cabeza muy erguida y de ostentar ante la gente un semblante más que ordinariamente serio.

De aquí vino a resultar que oculté mis goces y que, cuando llegué a la edad de la reflexión y empecé a darme cuenta de mis progresos y mi posición en el mundo, estaba ya condenado a una profunda duplicidad de mi vida. Irregularidades como las que yo cometía habrían sido para muchos hasta motivo de vanagloria, pero desde la altura de los ideales que yo me había trazado las veía y las ocultaba con un sentimiento casi enfermizo de vergüenza. Era, pues, más lo exigente y rígido de mis aspiraciones que no ninguna extraordinaria degradación en mis faltas lo que me hacía ser tal como era y lo que separó en mí, con una zanja más honda que en la mayoría de los hombres, esas dos provincias del bien y del mal que dividen y componen nuestra doble naturaleza. Esto mismo me hizo meditar profunda e insistentemente en esa dura ley de la vida que está en el fondo de toda religión y que es una de las causas más frecuentes de padecimiento. Aunque hombre de dos caras, yo no era, en modo alguno, un hipócrita:

mis dos aspectos eran genuinamente sinceros. No era menos yo cuando dejaba a un lado todo freno y me hundía en la vergüenza que cuando trabajaba, a la luz del día, en el adelanto de la ciencia o en remediar ajenas desdichas y dolores.

Y sucedió que la orientación de mis estudios, que tendía por completo hacia lo místico y trascendental, ejerció gran influjo y proyectó una fuerte luz en este conocimiento de la perenne lucha entre mis componentes. Día tras día, y tanto desde el punto de vista moral como desde el intelectual, me iba acercando sin cesar a esta verdad, por cuyo descubrimiento incompleto he sido condenado a tan horrendo naufragio: que el hombre no es realmente uno, sino dos. Digo dos, porque el avance de mis propios conocimientos no pasa más allá de este punto. Otros vendrán después, otros que seguirán y me superarán siguiendo mi mismo camino; y aventuro la suposición de que el hombre será finalmente conocido como una mera conjunción de personalidades múltiples, incongruentes e independientes. Yo, por mi parte, por la naturaleza de mi vida, avanzaba infaliblemente en una y sólo en una dirección. Fue en el lado moral y en mi propia persona donde aprendí a reconocer la absoluta y primitiva dualidad del hombre. Entonces vi que las dos naturalezas que contendían en el campo de mi conciencia, si podía decirse con razón que cualquiera de ellas era la mía, es porque lo eran esencialmente las dos; así pues, desde fecha muy temprana, ya antes de que en el proceso de mis descubrimientos científicos se vislumbrase la más vaga posibilidad de tal milagro, me había acostumbrado a acariciar con delectación, como un dulce ensueño, la idea de la separación de esos elementos. Si cada uno de ellos —me decía— pudiera ser alojado en una personalidad distinta, la humanidad se vería aliviada de una insoportable pesadumbre. El injusto seguiría su camino, libre de las aspiraciones y de los remordimientos de su inflexible hermano gemelo, y el justo podría caminar, firme y seguro, por su senda ascendente, practicando las buenas acciones en que encuentra su gozo y sin estar ya nunca expuesto a deshonras y penitencias por culpa de una maldad que no era suya. Era la maldición de la humanidad que estuviesen atadas juntas en un solo haz esas dos cosas antagónicas, y que en la dolorida entraña, en la conciencia, los dos gemelos irreconciliables mantuvieran una lucha sin tregua.

Hasta ese punto había llegado en mis reflexiones cuando una luz indirecta empezó a iluminar el tema desde la mesa del laboratorio. Comencé a percibir, en grado mayor de lo que hasta ahora se había llegado nunca, la vacilante inmaterialidad, la efímera inconsistencia, como la de una neblina, de este cuerpo al parecer tan sólido con el que estamos unidos. Encontré que ciertos agentes tenían el poder de sacudir y arrancar esa carnal vestidura, como puede agitar el viento los cortinajes de un pabellón. Por dos razones de peso no profundizaré mucho en esta parte científica de mi confesión. La primera, porque he aprendido a mi costa que el sino y la carga de nuestra vida lo llevamos atado para siempre a los hombros, y que cuando intentamos sacudirlo vuelve a nosotros con más extraña y espantable pesadumbre. La segunda, porque como mi relato va a demostrar, ¡ay!, con harta evidencia, mis descubrimientos eran incompletos. Baste, pues, con que diga que no solamente descubrí que mi cuerpo natural no era más que un mero hábito o fulgor de las fuerzas que constituían mi espíritu, sino que conseguí preparar una droga mediante la cual se podría destronar a esas fuerzas de su supremacía y sustituir aquella forma y apariencia por una segunda, la cual no sería menos natural para mí porque fuera la expresión y llevase el sello de los elementos más bajos de mi alma.

Vacilé mucho antes de someter esta teoría a la prueba de la experimentación. Bien sabía que me jugaba la vida, pues una droga que tenía tal poder para conmover y transformar el sostén mismo de la personalidad podía, por el más mínimo exceso en la dosis o por la más nimia falta de oportunidad al administrarla, borrar, sin que quedase rastro, ese inmaterial tabernáculo que yo pretendía transformar por su acción. Pero la tentación de un descubrimiento tan insólito y trascendental prevaleció al fin sobre las sugestiones de temor. Hacía ya mucho tiempo que había preparado la tintura, compré inmediatamente a unos almacenistas de productos químicos una gran cantidad de cierta sal que, según sabía por mis experimentos, era el último ingrediente que se requería y ya tarde, una noche maldita, mezclé los elementos, los observé hervir y humear en el vaso y, cuando la ebullición hubo cesado, con un brioso arranque de valor, me bebí la poción.

Sentí enseguida unos dolores desgarradores, como trituración en los huesos, mortales náuseas y un horror del espíritu que no podría ser sobrepasado a la hora del nacimiento o de la muerte. Después empezaron a calmarse rápidamente esas agonías, y recobré el conocimiento como si saliera de una grave enfermedad. Había algo extraño en mis sensaciones, algo indescriptiblemente nuevo, inefable y, por su misma novedad, increíblemente agradable. Me sentía más joven, más ligero, más feliz físicamente; en mi interior me daba cuenta de una arrebatada osadía, de un fluir de desordenadas imágenes sensuales que pasaban raudas por mi fantasía como el agua por el saetín de un molino, de un aflojamiento de todas las ataduras del deber y de una desconocida, pero inocente, libertad del alma.

Comprendí, desde el primer aliento de esta nueva vida, que era más perverso, diez veces más perverso, como un esclavo vendido a mi pecado original, y ese pensamiento, en aquel momento, me deleitó como el mejor de los vinos. Extendí las manos, regocijándome en la frescura de aquellas sensaciones, y al hacerlo fui de pronto consciente de que había perdido estatura.

No había entonces espejo en mi gabinete; el que ahora está junto a mí mientras escribo fue traído más tarde, precisamente para controlar esas transformaciones. La noche, entre tanto, había ya avanzado hasta la madrugada, y ésta, negra como era, estaba ya a punto de engendrar el día; la gente de mi casa dormía sumida en las horas de más pesado sueño, y enardecido como estaba por la esperanza y el triunfo decidí aventurarme en mi nueva forma hasta mi alcoba. Crucé el patio y pude imaginar que las constelaciones desde allá arriba me miraban con asombro: era la primera criatura de tal especie que su insomne vigilancia les había revelado desde la eternidad. Me deslicé por los pasillos —como un extraño en mi propia casa— y, al llegar a mi cuarto, vi por primera vez la fisonomía de Edward Hyde.

Debo hablar aquí sólo en hipótesis, diciendo no lo que sé, sino lo que imagino más probable. El lado perverso de mi naturaleza, al que ahora había yo transferido la virtud motora, era menos robusto y estaba menos desarrollado que el lado bueno que acababa de abandonar. Además, en el decurso de mi vida que, después de todo, en sus nueve décimas partes había sido de esfuerzo, virtud y dominio de mí mismo, el lado malo había sido mucho menos ejercitado y se había fatigado menos. De aquí vino a resultar, según pienso, que Edward Hyde fuera mucho más pequeño, más delgado y más joven que Henry Jekyll. Así como la bondad resplandecía en el semblante del uno, la maldad estaba escrita, clara y patente, en la cara del otro. El mal, además —que aún debo creer que sea la parte mortal del hombre—, había dejado en aquel cuerpo una impresión de deformidad y de ruina. Y sin embargo, cuando contemplé la fealdad de aquel ídolo en el espejo, no sentí repugnancia alguna; es más, lo recibí con un impulso de alegría. Aquél era también mi propio ser. Parecía natural y humano. Ante mis ojos representaba una imagen más viva del espíritu, parecía más directa y simple que la apariencia imperfecta y compleja que hasta entonces me había acostumbrado a llamar mía. Y hasta ese punto tenía yo sin duda razón. He observado que cuando revestía la forma de Edward Hyde, nadie podía acercarse a mí por primera vez sin sentir un recelo físico, un estremecimiento de la carne. Esto, según supongo, sucede porque todos los seres humanos con quienes nos tropezamos son un compuesto del bien y del mal; sólo Edward Hyde, en las filas de la humanidad, era pura maldad.

Sólo me detuve un momento ante el espejo, pues el segundo y decisivo experimento estaba todavía por intentar. Aún había que ver si había perdido mi identidad sin posibilidad de rescatarla y debía huir, antes de que llegase el día, de una casa que ya no era la mía. Así pues, apresurándome a volver a mi gabinete, otra vez preparé y bebí el vaso, sufrí de nuevo las angustias de la disolución de mi ser, y otra vez volví de nuevo en mí con el carácter, la estatura y el rostro de Henry Jekyll.

Aquella noche llegué a la encrucijada fatal. Si hubiera abordado mi descubrimiento con un espíritu más noble, si me hubiera arriesgado al experimento mientras me hallaba bajo el dominio de aspiraciones más generosas o piadosas, todo hubiera sido de otro modo, y aquellas agonías de muerte y nacimiento me hubieran convertido en un ángel en vez de en un demonio. La droga no poseía acción discriminadora, no era ni diabólica ni divina, simplemente derribaba las puertas de la cárcel de mi constitución y, como los cautivos de Filipos, salía lo que había dentro. Por aquel entonces mi virtud estaba dormida; mi maldad, mantenida despierta por la ambición, estaba alerta y rápida a hacerse con la ocasión, y lo que salió proyectado fue Edward Hyde. Así pues, aunque ahora tenía dos caracteres además de dos aspectos, uno era totalmente malvado y el otro seguía siendo el viejo Henry Jekyll, ese incongruente compuesto de cuya reforma y mejora había aprendido ya a desesperar. El movimiento se inclinaba, pues, totalmente hacia lo peor.

Mas en aquel tiempo yo no había podido todavía vencer mi aversión a la seca aridez de una vida de estudio. Aún seguía teniendo una disposición alegre y desenfadada y, dado que mis placeres eran —por no decir otra cosa— muy poco dignos y a mí se me conocía y respetaba en grado sumo, esta contradicción de mi vida se iba haciendo más insoportable cada día. La agravaba, por otra parte, el hecho de que me fuera aproximando a mi madurez. Fue por aquí por donde mi nuevo poder me tentó hasta esclavizarme. No tenía más que apurar el vaso, despojarme del cuerpo del eminente profesor y ponerme, como si fuera un gabán, el de Edward Hyde. La idea me hizo sonreír; me parecía por aquel entonces cosa divertida, e hice mis preparativos con escrupuloso cuidado. Tomé y amueblé aquella casa en el Soho hasta la cual fue siguiendo la policía el rastro de Hyde, y admití como ama de llaves a una persona de la que sabía muy bien que era callada y sin escrúpulos. Por otra parte, anuncié a mis criados que un tal mister Hyde, cuya descripción les hice, iba a tener total libertad y poder sobre mi casa en la plaza; para prevenir todo tropiezo, hasta fui allí y me hice familiar a todos en mi segunda personalidad. Enseguida hice aquel testamento, al que tanto se opuso usted, de modo que si algo me ocurría en la persona de Henry Jekyll, pudiera entrar en la de Edward Hyde sin pérdidas pecuniarias. Y así fortificado, según creí, por todos lados, empecé a aprovecharme de las extrañas inmunidades que mi posición me brindaba.

Antes, los hombres contrataban matones para que llevasen a cabo sus crímenes, mientras ellos y su reputación permanecían protegidos. Yo fui el primero en emplear eso para el placer. Fui el primero que pudo así alardear ante los ojos del público de su respetabilidad y un momento después, como un colegial, despojarse de esos fingimientos y sumergirse de cabeza en un mar de libertinaje. Dentro de aquel manto impenetrable, mi seguridad era completa. Piense en ello: ¡ni siquiera existía! Déjeme escapar hasta la puerta de mi laboratorio, deme uno o dos segundos para mezclar y tomar la pócima que siempre tenía preparada y, sin importar lo que hubiera hecho, Edward Hyde desaparecía como la huella del aliento sobre la superficie de un espejo, en su lugar, tranquilamente en casa, avivando la lámpara de medianoche de su estudio, había un hombre que podía reírse de toda sospecha: Henry Jekyll.

Los placeres que me apresuré a buscar bajo mi disfraz eran, como ya he dicho, indignos; no podía, en justicia, emplear un término más severo. Pero en manos de Edward Hyde pronto empezaron a derivar hacia lo monstruoso. A menudo, cuando regresaba de esas excursiones nocturnas, me quedaba sumido en una especie de estupor ante la depravación de mi reemplazante. Este familiar mío que yo había evocado de las profundidades de mi propio espíritu, y a quien enviaba solo para que hiciera lo que quisiera, era un ser fundamentalmente maligno y villano; todos sus actos y pensamientos se centraban en sí mismo, extraía con avidez bestial el deleite que manaba de la tortura infligida al prójimo parecía de piedra, como un hombre sin corazón. Henry Jekyll quedaba a veces despavorido ante los actos de Edward Hyde, pero la situación estaba fuera de las leyes normales, e insidiosamente aflojaba las estrechas ataduras de la conciencia. Era Hyde, después de todo, el culpable, y nadie más que Hyde; Jekyll no se había vuelto peor, al despertar volvían otra vez a él sus buenas cualidades, al parecer incólumes. A veces incluso se apresuraba, cuando era posible, a remediar el daño que Hyde había hecho. Y así su conciencia se fue adormeciendo poco a poco.

En los detalles de las infamias a las que contribuí —pues aún ahora mismo me resisto a admitir que las cometí— no tengo intención de entrar. Quiero tan sólo hacer notar los avisos y los sucesivos pasos con que se iba acercando mi castigo. Me ocurrió un incidente que, como no tuvo consecuencias, no haré más que mencionar. Un acto de crueldad contra una niña despertó la cólera de un transeúnte, a quien reconocí el otro día en la persona de su pariente; el médico y la familia de la niña se unieron a él y hubo momentos en que temí por mi vida; al fin, para aplacar su más que justo resentimiento, Edward Hyde tuvo que traerlos hasta la puerta del laboratorio y pagarles con un cheque extendido a nombre de Jekyll. Pero este peligro fue fácilmente eliminado del futuro abriendo una cuenta en otro banco a nombre del propio Edward Hyde; cuando, echando hacia atrás la inclinación de mi propia letra, hube proporcionado una firma a mi doble, creí hallarme por completo más allá de las veleidades del destino.

Unos dos meses antes del asesinato de sir Danvers salí a correr una de mis aventuras, regresé muy tarde y desperté al día siguiente en mi cama con sensaciones un tanto raras. En vano miré a mi alrededor, en vano vi la decoración de los muebles y lo espacioso de mi habitación de la plaza, en vano reconocí el dibujo de las cortinas y la cama de caoba; había algo que seguía insistiendo en que yo no estaba donde estaba, en que no me había despertado donde parecía estar, sino en el cuartito en el Soho donde acostumbraba a dormir en el cuerpo de Edward Hyde. Esto me hacía sonreír, y en mi prurito psicológico comencé perezosamente a analizar los elementos de esta ilusión, sin que por eso dejase de caer de vez en cuando en un confortable y ligero sueño matutino. Aún seguía así cuando, en uno de los momentos en que estaba más despierto, mi mirada fue a posarse sobre mi mano. Pues bien, la mano de Henry Jekyll era —como usted ha observado a menudo— la de un médico profesional en forma y tamaño: grande, firme, blanca y proporcionada. Pero la mano que ahora veía, con harta claridad, a la luz amarilla de una mañana en el centro de Londres, descansando entreabierta sobre las ropas de la cama, era flaca y nervuda, nudosa, de una oscura palidez y sombreada por un vello negro y espeso: era la mano de Edward Hyde.

Debí de quedarme contemplándola durante casi medio minuto, sumido como estaba en la mera estupidez del asombro, antes de que el terror se despertara en mi pecho de una forma tan repentina y abrumadora como el estallar de unos címbalos, y saltando de mi cama corrí al espejo. Lo que vi frente a mí hizo que mi sangre se helara en algo sumamente más quebradizo que el hielo. Sí, me había ido a la cama como Henry Jekyll, y había despertado como Edward Hyde. ¿Cómo podía explicar aquello?, me pregunté, y luego, con otro estremecimiento de terror: ¿cómo podía remediarlo?

La mañana estaba ya muy entrada, los criados se habían levantado, todas mis drogas estaban en el gabinete y era un largo trayecto ir hasta allí desde el sitio en que me hallaba paralizado de espanto: bajar dos tramos de escalera, salir por el pasadizo de atrás, atravesar el patio descubierto y después el quirófano... Podía, es cierto, taparme la cara, pero ¿de qué me servía si no había medio de disimular el cambio de estatura? Y entonces, con una embriagadora y grata sensación de estar salvado, me acordé de que los sirvientes estaban ya acostumbrados a las idas y venidas de mi segundo yo. Me vestí deprisa lo mejor que pude con ropas de mi tamaño primitivo, rápidamente atravesé la casa, encontrándome con Bradshaw, que abrió los ojos como platos y se echó hacia atrás al ver a mister Hyde a tales horas y con tan extraña indumentaria, y diez minutos después el doctor Jekyll había recuperado su propia forma y estaba sentado a la mesa con sombrío ceño para fingir que tomaba el desayuno.

Escaso, en verdad, era mi apetito. Este inexplicable incidente, este trastrocarse de mis anteriores experiencias, parecía, como el dedo aquel sobre el muro de Babilonia, que estaba trazando las letras de mi sentencia, y empecé a reflexionar con más seriedad que hasta entonces en las consecuencias y posibilidades de mi doble existencia. Aquella parte de mí mismo que yo tenía el poder de proyectar al exterior había sido, desde hacía algún tiempo, muy ejercitada y nutrida; me había parecido como si últimamente el cuerpo de Edward Hyde hubiese aumentado de talla, como si, cuando yo adoptaba aquella forma, sintiera un más brioso fluir de la sangre, y empecé a vislumbrar el peligro, si aquello seguía así, de que el equilibrio de mi naturaleza se rompiese para siempre, de que perdiera la facultad del cambio voluntario y de que la personalidad de Edward Hyde llegase a ser irrevocablemente la mía. La eficacia de la droga no se había mostrado siempre de misma forma. Una vez, allá en los comienzos, me había fallado del todo; después, en más de una ocasión, había tenido que doblar la dosis, y en una de ellas, con inminente riesgo de la vida, triplicarla. Esas incertidumbres, aunque poco frecuentes, habían sido hasta entonces la única sombra que oscurecía mi felicidad. Ahora, sin embargo, y en vista del incidente de aquella mañana, tuve que reconocer que, así como al principio lo difícil era desprenderme del cuerpo de Jekyll, en los últimos tiempos, y de un modo paulatino pero decidido, la dificultad había ido pasando al lado opuesto. Todo parecía, pues, indicar esto: que iba perdiendo poco a poco el asidero de mi original y mi mejor yo, y que lentamente me iba incorporando al segundo y peor yo.

Ahora comprendía que tenía que escoger entre los dos. Mis dos naturalezas tenían la memoria en común, pero todas las demás facultades se repartían muy desigualmente entre ambas. Jekyll —que era un compuesto—, unas veces con los más vivos temores y otras con ávido deleite, planeaba los placeres y las aventuras de Hyde y tomaba su parte en ellos; pero Hyde sentía absoluta indiferencia por Jekyll, o, si pensaba en él, era tan sólo como el bandido de la sierra se acuerda de la cueva en que se esconde de sus perseguidores. Jekyll sentía más que el interés de un padre; Hyde albergaba más que la indiferencia de un hijo. Unir mi suerte a la de Jekyll era morir para todos esos apetitos que durante largo tiempo había aceptado en secreto, y que últimamente había empezado a regalar y mimar; unirla a la de Hyde era morir para mil intereses y altas aspiraciones y convertirme, de repente y para siempre, en un ser despreciable y solitario. El trato pudiera parecer desigual, pero aún había otra consideración que poner en la balanza, porque en tanto que Jekyll sufriría abrasándose en el fuego de la abstinencia, Hyde ni siquiera se daría cuenta de lo que había perdido. Extrañas eran mis circunstancias, pero los términos de este debate son tan viejos y vulgares como el hombre mismo. Alicientes y temores muy semejantes son los que deciden el destino de cualquier tentado y medroso pecador, y ocurrió conmigo, como con la gran mayoría de mis semejantes, que escogí el mejor partido y me hallé luego sin la firmeza necesaria para mantenerme en él.

Sí, preferí el maduro y descontento doctor, rodeado de amigos y abrigador de honestas esperanzas, y di un adiós definitivo a la libertad, a la relativa juventud, al paso ligero, al vigoroso latir de la sangre y a los ocultos placeres de que había gozado bajo el disfraz de Hyde. Quizá hice esta elección con alguna inconsciente reserva, pues ni abandoné la casa del Soho ni destruí las ropas de Hyde, que aún estaban en el gabinete. Durante dos meses, sin embargo, me mantuve fiel a mi resolución, y en ese tiempo llevé una vida de tal austeridad como nunca la había alcanzado hasta entonces, y gocé de la compensación de una conciencia satisfecha. Pero el tiempo empezó a borrar la vehemencia de mis temores, las alabanzas de mi conciencia se tornaron para mí en cosa vulgar, comenzaron a torturarme nuevas ansias y anhelos, como si Hyde estuviera debatiéndose por la libertad, y al fin, en un momento de debilidad moral, preparé una vez más y me bebí la pócima transformadora.

No creo que, cuando un borracho razona consigo mismo sobre su vicio, se vea ni una vez de cada quinientas afectado por los peligros a los que le aboca su embrutecida insensibilidad física; tampoco yo, pese a todas las consideraciones que me había hecho sobre mi situación, tuve en cuenta la completa insensibilidad moral y la insensata propensión al mal que eran las características dominantes de Edward Hyde. Sin embargo, fue por ellas por las que fui castigado. Mi demonio llevaba mucho tiempo enjaulado, y salió rugiendo. Fui consciente, incluso mientras bebía la pócima, de una propensión al mal más desenfrenada y más furiosa que nunca. Debió de ser esto, supongo, lo que agitó en mi alma aquella tormenta de impaciencia con la que escuché las corteses indicaciones de mi desgraciada víctima. Declaro al menos ante Dios que ningún hombre moralmente cuerdo podría cometer aquel crimen basándose en tan leve provocación, y declaro también que golpeé con un espíritu no más razonable que aquél con el que un niño enfermo puede romper un juguete. Pero me había despojado voluntariamente de todos esos instintos equilibradores,

por los cuales incluso el peor de entre todos nosotros sigue caminando con cierto grado de firmeza entre las tentaciones; en mi caso, ser tentado, aunque sólo fuera ligeramente, era caer.

Al instante el genio del infierno despertó en mí loco de rabia. Con un arrebato de júbilo, me puse a golpear aquel cuerpo inerte, saboreando cada golpe con delectación; sólo cuando la debilidad del cansancio se apoderó de mí sentí el corazón sobrecogido bruscamente por el más frenético ataque de un escalofrío de terror. La bruma se dispersó, vi que mi vida estaba sentenciada y hui de la escena de aquellos horrores, a la vez enardecido y acongojado, con mi concupiscencia del mal satisfecha y estimulada, y mi amor a la vida más intenso que nunca. Corrí a la casa del Soho y, para redoblar mi seguridad, quemé mis papeles. Salí de allí y recorrí las calles a la luz de los faroles, con el mismo estado de ánimo, regocijándome en mi crimen e ideando frívolamente otros para el futuro y, al propio tiempo, apresurándome cada vez más y aguzando más y más el oído para escuchar detrás de mí los pasos del vengador. Hyde canturreaba mientras preparaba la droga, y al beberla brindó por el hombre muerto, pero aún no habían acabado de desgarrarlo los tormentos de la transformación cuando Henry Jekyll, bañado en lágrimas de gratitud y remordimiento, había caído de rodillas y levantaba a Dios sus manos suplicantes. El velo de la propia indulgencia se había rasgado de arriba abajo, y vi todo el conjunto de mi vida; la seguí desde los días de la niñez, cuando andaba de la mano de mi padre, y a través de los trabajos y sacrificios de mi carrera profesional hasta llegar una y otra vez, con la misma sensación de irrealidad, a los nefandos horrores de aquella noche. Sentía ganas de gritar con todas las fuerzas, con lágrimas y oraciones traté de aplacar la multitud de espantables imágenes y sonidos que me asaltaban la memoria, y todavía, entre las plegarias, la horrible faz de mi iniquidad se asomaba dentro de mi alma. Cuando empezaron a ceder los agudos remordimientos surgió un sentimiento de gozo. El problema de mi conducta estaba resuelto. Hyde era imposible en adelante; quisiera o no, yo quedaba ahora prisionero en la parte mejor de mi ser... Y, ¡oh, qué alegría al pensarlo! ¡Con qué cordial humildad me así de nuevo a las restricciones de la vida normal! ¡Con qué sincera renuncia cerré la puerta con la llave que tantas veces me había servido en mis entradas y salidas y la aplasté bajo mis pies!

El día siguiente trajo la noticia de que el crimen había tenido testigos, que la culpabilidad de Hyde era evidente para todos, y que la víctima era persona que gozaba de gran estimación pública. Creo que esas noticias me causaron alegría, me regocijé de tener mis mejores impulsos así fortalecidos y custodiados por el miedo al patíbulo. Jekyll era ahora mi refugio; si Hyde se asomase, aunque no fuera más que un instante, las manos de todos se alzarían para asirlo y llevarlo a la muerte.

Resolví redimir el pasado con mi conducta futura, y puedo decir honradamente que mi resolución dio algunos frutos buenos. Usted mismo sabe con qué ardor trabajé en los últimos meses del año pasado para aliviar los sufrimientos de la gente; ya sabe lo mucho que hice por los demás, y que los días transcurrieron tranquilos, casi dichosos para mí. No puedo, en verdad, decir que me cansase de esa vida inocente y benéfica; creo, por el contrario, que cada día me deleitaba más plenamente en ella. Pero aún pesaba sobre mí la aflicción de mi dualidad de designios y, cuando el primer impulso de mi arrepentimiento se fue embotando, mi ser inferior, tanto tiempo complacido, tan recientemente encadenado, empezó a gruñir ansioso pidiendo su libertad. No es que yo soñase en resucitar a Hyde, la mera idea de tal cosa me ponía frenético. No, era que una vez más, en mi propia persona original, me sentía tentado de jugar con mi conciencia y, si al fin caí ante los asaltos de la tentación, fue como un ordinario y secreto pecador.

A todo le llega su fin, la más amplia medida acaba por colmarse, y esta breve condescendencia con mi maldad acabó de romper el equilibrio de mi alma. Y sin embargo no me alarmé, la caída parecía natural, como un retorno a los días lejanos antes de que hiciera mi descubrimiento. Era un día de enero, hermoso y claro, húmedo bajo los pies, donde se había derretido la escarcha, pero limpio de nubes allá en el cielo, y en Regent Park, repleto de pájaros que gorjeaban, había dulces efluvios de primavera. Me senté al sol en un banco; el animal que cobijaba dentro de mí se entretenía en relamer sensuales y gustosos recuerdos en la memoria; mi espíritu, un tanto adormilado, hacía promesas de inmediata penitencia, pero sin decisión para comenzarla. Después de todo, pensaba, yo era como todos los demás, y hasta me sonreía comparándome con otros y poniendo al lado de mi activa bondad la perezosa crueldad de su negligencia. Y en el mismo instante de ocurrírseme esta vanidosa idea, me invadió un desfallecimiento con horribles náuseas y mortales sacudidas. Cuando estos síntomas se hubieron calmado, me quedé exhausto, y después, a medida que me iba reponiendo de esa debilidad, empecé a notar un cambio en el tono de mis pensamientos: mayor audacia, desprecio por el peligro, falta de las ligaduras del deber. Miré hacia abajo: las ropas colgaban informes sobre mis encogidos miembros, la mano que descansaba sobre mi rodilla era sarmentosa y peluda. Una vez más era yo Edward Hyde. Un momento antes había estado seguro del respeto de todos, era rico, querido de muchos... la mesa me esperaba puesta en mi casa; ahora era la alimaña perseguida por todos, hostigado, sin refugio, un asesino célebre, carne de horca.

Mi razón se tambaleaba, pero no me abandonó del todo. Más de una vez había notado que, en mi segunda condición, mis facultades parecían aguzarse extraordinariamente y que mis energías adquirían mayor tensión y elasticidad; así sucedió que, en un trance en el que quizá Henry Jekyll habría sucumbido, Hyde se colocó a la altura de las circunstancias. Mis drogas estaban en uno de los armarios del gabinete, ¿cómo llegar hasta ellas? Tal era el problema que, apretándome las sienes entre las manos, me puse a resolver. Había cerrado la puerta del laboratorio; si intentaban entrar en la casa, mis propios criados me entregarían a la policía. Vi que tenía que valerme de otra artimaña, y pensé en Lanyon. ¿Cómo podía llegar hasta él? ¿Cómo persuadirlo? Suponiendo que escapase a la captura en las calles, ¿cómo iba a conseguir llegar hasta su presencia? ¿Y cómo iba yo —un visitante desconocido y desagradable— a convencer al famoso médico para que entrase sin miramientos en el despacho de su colega el doctor Jekyll? Me acordé entonces de que me quedaba algo de mi primitiva personalidad: podía escribir con mi propia letra. Y en cuanto esta alentadora chispa asaltó mi mente, quedó iluminado de principio a fin todo el camino que había de seguir.

Así pues, arreglé mis ropas como mejor pude y, llamando a un coche que pasaba, me hice llevar a un hotel de la calle Portland cuyo nombre recordaba por casualidad. Al ver mi atavío —que era, en verdad, harto cómico, por trágico que fuese el destino del que aquellas ropas encubrían—, el cochero no pudo ocultar su regocijo. Lo miré, rechinando los dientes, con un arrebato de diabólica furia, y la sonrisa se heló en sus labios, felizmente para él, y aún más felizmente para mí, pues en otro instante lo habría lanzado del pescante abajo. Al entrar en el hotel, miré a mi alrededor con aire tan tenebroso que hizo temblar a los recepcionistas. Ni una mirada osaron cambiar en mi presencia y, obsequiosos, recibieron mis órdenes, me condujeron a una habitación y me llevaron útiles para escribir. Hyde, con su vida en peligro, era un ser nuevo para mí: sacudido por una rabia loca, enardecido y a punto para el asesinato, ávido de hacer daño. Y sin embargo conservaba su astucia, pues dominó su furia con un vigoroso esfuerzo de voluntad; escribió las dos cartas tan importantes, una para Lanyon y otra para Poole y, para estar seguro de que habían sido echadas al correo, las envió con orden de que las certificasen.

A partir de aquel momento pasó todo el día en su habitación, sentado junto al fuego, mordiéndose las uñas de impotencia; allí comió a solas con sus terrores, haciendo temblar al camarero cada vez que se encontraban sus miradas. Cuando cerró la noche, se echó él a la calle y, guarecido en un rincón de un coche, anduvo por la ciudad de acá para allá. Digo *él...* no puedo decir *yo*. Aquel engendro del infierno no tenía nada de humano, nada habitaba en él como no fuera el miedo y el odio. Y cuando al fin, figurándose que el cochero empezaba a sospechar, despidió el coche y se aventuró a pie por entre los transeúntes nocturnos —trajeado con las mal ajustadas ropas, centro de atracción de todas las miradas—, aquellas dos bajas pasiones se revolvían dentro de él como una tempestad. Marchaba de prisa, perseguido por sus propios temores, charlando consigo mismo, caminando por las calles menos frecuentadas, y no cesaba de contar los minutos que aún faltaban para la medianoche. Una mujer fue a hablarle, creo que para venderle una caja de cerillas, pero él le dio un golpe en la cara, y la mujer huyó.

Cuando volví en mí en casa de Lanyon, creo que el horror de mi viejo amigo llegó a afectarme un tanto. No lo sé; no sería a lo sumo sino una gota más en el mar del aborrecimiento, tal era la execración con que recordaba después aquellas horas. Un cambio se había operado en mí. Ya no era el temor de la horca, era el horror de ser Hyde lo que me atormentaba. Escuché como en un sueño la reprobación de Lanyon, y como en un sueño volví a mi casa y me metí en la cama. Dormí, después del agotamiento de la jornada, con una invencible y profunda modorra que ni siquiera pudieron romper las pesadillas que me torturaron. Desperté por la mañana quebrantado y débil, pero rehecho. Aún aborrecía y temía a la bestia que dormitaba dentro de mí, y no había olvidado, por supuesto, los espantables terrores del día anterior; pero ya estaba otra vez en mi casa, bajo mi propio techo, al lado de mis drogas, y la gratitud por haber escapado resplandecía tan intensamente en mi alma que casi rivalizaba con la luz de la esperanza.

Paseaba sosegadamente por el patio después de desayunar, respirando con deleite la frescura del aire, cuando sentí de nuevo esas indescriptibles sensaciones que anunciaban el cambio, y apenas tuve tiempo para cobijarme en el gabinete antes de que ya estuviera otra vez luchando con la furia y la agitación de las pasiones de Hyde. Se hizo preciso en aquella ocasión doblar la dosis para que pudiera volver en mí, pero ¡ay!, seis horas después, cuando estaba sentado ante la chimenea mirando tristemente la lumbre, las ansias tornaron, y otra vez tuve que administrarme la droga. En suma: desde aquel día en adelante parecía que sólo mediante un gran esfuerzo que pudiera llamar gimnástico, y únicamente bajo el estímulo inmediato de la droga, podía mantener la fisonomía de Jekyll. A todas horas del día y de la noche se presentaba el estremecimiento premonitorio; sobre todo si me dormía, o en cuanto me adormilaba un instante en la butaca, volvía a ser Hyde al despertar. Bajo el agobio de esta amenaza siempre cerniéndose sobre mí, y por el insomnio a que me condenaba a mí mismo —más allá de lo que yo creía que el hombre era capaz de resistir—, llegué a convertirme en un ser consumido y agotado por la fiebre, desmayado y débil de cuerpo y de espíritu y ocupado en un solo pensamiento: el odio a mi otro yo. Pero tan pronto como me dormía o se pasaban los efectos de la droga, me encontraba de un salto, y casi sin transición —porque las congojas del cambio iban notándose menos cada día—, con una fantasía desbordante de aterradoras imágenes, un alma agitada por odios sin causa y un cuerpo que no me parecía lo bastante recio para contener las rabiosas energías vitales.

Parecía que la fuerza de Hyde había crecido a costa del agotamiento de Jekyll. Y en verdad que el odio que ahora los dividía era igual por cada parte. Por la de Jekyll era una cosa de instinto vital. Había visto ahora toda la deformidad de aquella criatura que compartía con él alguno de los fenómenos de la conciencia y era su coheredero hasta la muerte; fuera de esos lazos de comunidad —los cuales constituían en sí la parte más dramática de su desdicha— concebía a Hyde, a pesar de toda su vigorosa vitalidad, como cosa no sólo infernal, sino inorgánica. Y esto era lo intolerable: que el limo del abismo pareciese articular gritos y voces, que el polvo amorfo gesticulara y pecase, que lo que estaba muerto y no tenía forma usurparse los atributos de la vida. Y esto, además de aquel indomable horror, estaba unido a él más íntimamente que una esposa, más de cerca que sus propios ojos; estaba enjaulado en su misma carne, donde lo oía gemir y lo sentía forcejear por nacer, y que, en todo momento de debilidad y en la confianza del sueño, prevalecía contra él y le suplantaba en la vida.

El odio de Hyde a Jekyll era de distinta naturaleza. Su miedo a la horca lo obligaba de continuo a cometer suicidios pasajeros y a tornar a la situación subordinada de ser sólo una parte en lugar de una persona; pero aborrecía esa necesidad, odiaba el abatimiento en que Jekyll había caído, y sentía el agravio de la aversión con que éste lo miraba. De ahí las simiescas jugarretas que maquinaba contra mí, como garrapatear blasfemias con mi letra en las páginas de mis libros, o quemar las cartas y el retrato de mi padre; es seguro que, a no ser por su temor a la muerte, ya hace mucho tiempo que habría buscado su propia ruina sólo por arrastrarme a mí en ella. Pero su amor a la vida es admirable. Me atrevo a ir más allá: yo, que siento terrores y escalofríos ante la mera idea de Hyde, cuando pienso en la abyección y en el frenesí de ese amor a la vida, y en cómo teme mi poder de extinguirla suicidándome, no puedo menos de sentir piedad por él en el fondo de mi corazón.

Es inútil proseguir este relato; aunque quisiera, no me queda tiempo para hacerlo. Baste decir que nunca sufrió nadie tales tormentos y, sin embargo, aun siendo como eran, el hábito no trajo alivio, pero sí una especie de callosidad del alma, cierta desesperada aquiescencia; y mi castigo pudiera haberse prolongado años enteros a no ser por la postrera calamidad que ha caído sobre mí y que me ha separado definitivamente de mi propio rostro y naturaleza. Mis provisiones de la sal, que no había renovado desde la fecha del primer experimento, comenzaron a escasear. Envié a buscar un nuevo pedido y compuse la pócima, se produjo enseguida la ebullición, y después el primer cambio de color, pero no el segundo; la bebí y no produjo efecto. Poole puede decirle cómo hice remover todo Londres de arriba abajo. Fue en vano; ahora estoy convencido de que la primera provisión que compré era impura, y de que fue aquella impureza desconocida la que prestó eficacia a la pócima.

Ha transcurrido cerca de una semana y ahora estoy terminando esta confesión bajo la influencia de los restos que aún me quedaban de la primitiva sal. Ésta, pues, es la postrera vez, a no ocurrir un milagro, que Henry Jekyll puede expresar sus propios pensamientos y ver su propia cara —¡tan lastimosamente demudada!— en el espejo. No debo retardarme en poner término a este escrito, pues si hasta ahora se ha librado de ser destruido se debe, a la vez, a una gran precaución y a una extraordinaria suerte. Si las ansias del cambio vinieran mientras escribo, Hyde lo haría pedazos, pero si ha pasado algún tiempo, un pasmoso egoísmo y su tendencia a circunscribirse al momento presente es probable que lo salven, una vez más, de su malignidad simiesca. Aunque es verdad que el sino fatal que nos aguarda por instantes a los dos ya ha producido en él un cambio y lo ha subyugado. Dentro de media hora, cuando otra vez, y ya para siempre, vuelva yo a asumir aquella aborrecida personalidad, sé que estaré sentado

en la butaca, estremecido y llorando, o que continuaré paseando arriba y abajo por este cuarto —mi último refugio en la tierra— aguzando el oído con el más intenso y temeroso anhelo para sorprender cualquier ruido amenazador. ¿Morirá Hyde en el patíbulo, o tendrá el suficiente valor para liberarse él mismo en el último momento? Sólo Dios lo sabe; a mí no me importa. Ésta es la verdadera hora de mi muerte, y lo que venga después no me concierne a mí, sino a otro. Aquí, pues, al dejar la pluma y sellar el sobre que encierra esta confesión, pongo también fin a la vida del desventurado Henry Jekyll.